小学館文庫

火の神さまの掃除人ですが、いつの間にか花嫁として溺愛されています

春の神の輿入れ

浅木伊都

小学館

目次

数十畳もある広間の奥で、巫《かんなぎ》と神が向かい合って座っている。

片方は臙脂《えんじ》の羽織を纏《まと》った青年だ。清廉な森の香を漂わせている彼は、檜《ひのき》の神である。

檜の神は、黒目勝ちな目を細めて、自らの巫を面白そうに見つめている。

彼の巫は、青磁色の爽やかな着物を纏った男だ。三十代半ばと思《おぼ》しき男は顔を伏せ、神への敬意を表している。

神は緩やかに口を開いた。

「当主の具合がいよいよ良くないと聞く。儂《わし》も快癒を祈っておったが、寿命には神も抗《あらが》えぬわ」

「檜の神様に祈って頂く名誉に与《あずか》り、当主も感無量でございましょう」

「ん。だが儂は死にゆく老人よりも気にかかることがある。――跡取りじゃ。巫の名家と名高いお前たち冷泉《れいぜい》家は、一体誰を次の当主に選ぶのか？」

男は指先一つ動かさず、静かに答えた。

「さて、誰が次の当主になるのか、見当もつきませぬ。分家も含めて、多くの候補者がおりますゆえ」

「その中でも最も当主に近いのはお前だと聞くぞ、勇次郎《ゆうじろう》」

名を呼ばれ、男は僅かに顔を上げる。柔和な顔つきで、常に微《かす》かな笑みを浮かべているような口元が印象的だった。何を言っても受け入れてくれるような、懐の広い人間のように思える。

だがその眼差《まなざ》しは鋭い。隠し切れぬ野心がぎらりと覗《のぞ》いていた。

「以前当主が申しておりました。冷泉家の頂点に立つというのは、鵺《ぬえ》を制御するような心持ちだと。猿に狸《たぬき》に蛇に虎、それぞれの思惑が渦巻いて、なかなか同じ方向を向かせられないとか」

「はは、さながら猛獣使いじゃな。なるほど確かに、あの老人にはその凄《すご》みがある」

襖《ふすま》が音もなく開き、檜の神を歓待するための料理が並べられる。

しかし青年のなりをしたこの神は、酒にしか口をつけなかった。白い指先が緩やかに硝子《ガラス》の猪口《ちょこ》をつまみ上げる。

「冷泉家はとにかく大きな家じゃ。それに最も古い巫の家系の一つでもある。特に開祖の力は凄《すさ》まじかったと聞くぞ」

「死穢《しえ》以外の全ての穢《けが》れを清める力。それに加えて『千里眼』を持っていたとも言われています」

「『千里眼』。真実を暴き全てを見通す力、か。神でもその力を持つ者は数えるばかりだというのに、お前の開祖は恐ろしい巫であったのだな」

「さすがに開祖と並ぶ者はおりませぬが、その力の片鱗《へんりん》を持つ者ならば。かくいう私めも『千里眼』の亜流のような異能を有しております」

勇次郎の声に、僅かばかり誇らしそうな色が混じる。彼の異能は、相手の感情が色となって見えるというものだった。腹の探り合いにはうってつけの力と言える。

檜の神はからかうように、

「しかし、お前に儂を御せるかのう？　今の当主のおかげで、儂は若木の如《ごと》く力をつけ、ぐんぐんと成長しておる」

と言う。勇次郎は生真面目な顔で答えた。

「当主というよりは、帝都の繁栄のおかげでしょう。百貨店やビルヂング、高等教育機関など建築の需要が増えましたから、我々冷泉家は建築会社を新しく作り、時流に乗って繁盛させることができました」

「そうしてその建築会社を作り、経営の舵取《かじと》りをしたのは、お前であったな勇次郎。確かに当主の手柄ではないが、そうむきにならずともよかろう」

檜の神は苦笑しながらも、どこか意味ありげな口調で呟《つぶや》いた。

「檜の木を用いた建築物に限り、儂はその建物内の事情を詳しく知ることができる。

──というのは、お前たち冷泉家にのみ明かしている事実ではあるが、まさか間諜《かんちょう》に使われるとは思わなんだ」

「滅相もございませぬ。我々はただ、檜の神様のお言葉を信じ、付き従うのみにございます」

冷泉家は政《まつりごと》の要所で使われる建物の建材に、檜を用いることで、建物内で交わされる会話などに聞き耳を立てていた。そこで得た情報を上手《うま》く使うことで、あやかしや神々だけではなく、人間界の中でも有名になっていったのだ。

元より有力であった冷泉家は、ますます勢いづいている。

それゆえに、他の巫や神々は、冷泉家の動向を探るのに必死だ。彼らの最近の関心事は、誰が跡取りになるのかということばかり。

檜の神は、勇次郎に酒の酌をさせながら、さりげない様子で呟いた。

「儂は、お前こそ次の当主に相応《ふさわ》しいと思っておる」

「なんと嬉《うれ》しいお言葉でしょうか」

「本気じゃ。お前の抜け目のなさ、容姿、頭の回転の速さは『猛獣使い』に向いている。儂の言葉の意味が分かるな？」

勇次郎が両手を揃《そろ》えて額《ぬか》ずくのを見、檜の神は、満足そうに頷《うなず》いた。

檜の神が去り、勇次郎は広間に一人佇《たたず》んでいる。

今まで穏やかだったその顔に、野心に溢《あふ》れた笑みが浮かんだ。

「檜の神は僕を冷泉家の後継者にしたいらしい。当然だな、今まで便宜を図ってきたのは当主様というよりこの僕だ」

勇次郎は頭の中でそろばんを弾《はじ》く。

「しかし、後ろ盾が檜の神だけでは少々心もとない、か。花の神は僕のことがあまり好きではないようだし、他の神々は弱すぎて後ろ盾には力不足。──決定的な一打が必要だ。僕を後継者に指名せざるを得ないような、そんな何かが」

呟く勇次郎の顔は、これからすべきことを把握している者の決意に満ちている。

何を決定打とすべきか。勇次郎には、心当たりがあったのだ。

一章　冷泉家の人々

牡丹《ぼたん》は数十通の手紙の束を、小夜《さよ》の目の前にどさりと置いた。

「……牡丹、これは一体何かしら？」

「小夜様へのお手紙です。ファンレターというそうですよ」

「でも、差出人は知らない方ばかりだわ」

「だってファンレターというのは、小夜様のことを一方的に気に入っている人から送られてくるものですからね。あ、この家に持ち込めた時点で、悪意のある術や内容は弾かれていますから、そこはご安心下さい」

最後の一言は、小夜の夫である火の神・鬼灯《ほおずき》に向けられたものだ。

鬼灯は小夜宛の手紙を一通手に取り、面白くなさそうな顔で眺めた。

「小夜の露出が一気に増えたからな。あの忌々しい女狐《めぎつね》め、小夜を広告塔などに使うからこうなる」

鬼灯が女狐と言っているのは、鈴蘭《すずらん》という妖狐《ようこ》だ。ここ太歳界《たいさいかい》で最も有名な繁華街である宵町《よいまち》で、百貨店を経営している。

この敏腕女経営者に、小夜も鬼灯も借りがあった。その借りを返すために、この夫婦は最近流行の洋装のモデルとなったのだが、これが鈴蘭の予想以上に好評だったらしい。

天照大神《あまてらすおおみかみ》により呪われ、二目と見られぬ醜い姿となったはずが、いつの間にか呪いが解かれ、見目麗しくも強大な力を持つ火の神・鬼灯。

その妻でありながら、慎《つつ》ましく可憐《かれん》で、おまけに清浄な気を持ち、清めの力を持つ優れた巫・小夜。

美男美女でありながら、驕《おご》ることなく互いを支えあう二人は、今や太歳界のあやかしたちが憧れる存在となっていた。

「仕方ありませんね。小夜様がお召しになったワンピース、あれは本当にお可愛《かわい》らしかったですもの！」

牡丹は可愛らしい自分の主《あるじ》の姿を脳裏に思い描き、だらしない笑みを浮かべた。

小夜の侍女、牡丹。彼女はかつて小夜の母に作られた木彫りのからすの付喪神《つくもがみ》であり、ひょんなことからこの火蔵御殿《かぐらごてん》で、小夜たちと共に暮らしている。

小夜には忠実であるものの、鬼灯にはほんの少しばかり厳しい使用人だ。

「あと、その後に着ていらしたギンガムチェックの銘仙、あれも良かったですね。あの柄を着るのは勇気がいりますけれど、小夜様の小物使いは嫌みがなくて洒落《しゃれ》ていて、参考になりましたもの」

「私は背が低いから、ああいうモダンな柄だと埋もれてしまうでしょう。だから帯に相談してみたの。そうしたら、大柄の薔薇《そうび》模様が合うと言われたから、それを選んだのよ」

小夜は物の声を聞くことができる「蝶《ちょう》の耳」という力を持っている。異能とも呼べない些細《ささい》な力だが、とにかく物が多いこの火蔵御殿においては、とても役に立つ。

「牡丹の参考になったなら良かった。もちろん、着物たちのおかげだけれどね」

微笑《ほほえ》む小夜の顔を見て、牡丹はうっと胸を押さえる。

「そういうお可愛らしい顔をなさるのはずるいです……！　とまあ、小夜様がこんな風なので、ファンレターが殺到するのも無理からぬことなのですよ、鬼灯様。えへん」

「なぜお前が手柄顔で言う。そのくらい俺にだって分かっているがな、小夜が俺以外の奴《やつ》から送られた手紙を読むことを考えるだけで、腹が立つのだ」

「いっそ清々《すがすが》しいくらいの狭量ぶりですわね」

「嫉妬は神の得意分野だからな」

「開き直らないで下さいまし。小夜様、どうなさいます？　お手紙、読みますか」

小夜は、自分がこのようにもてはやされることに慣れていなかった。ただ恩を返すために、鈴蘭に言われるがまま服を着ただけなのだ。

それに、夫である鬼灯にこうもむくれられては、手紙に目を通す気にはなれない。

「今は恐れ多くて読めないけれど……。それでも、時間を割いてお手紙を書いて下さったのだものね。いつか読みたいから、お部屋に大事に保管しておくわ」

「承知しました。蜻蛉《とんぼ》の彫刻の箱にしまっておくのはいかがです？」

「あれは綺麗《きれい》だからちょうど良いわね。ありがとう、牡丹」

牡丹が手紙を置きに向かうのを見送り、鬼灯は後ろから小夜を抱きしめた。

「なんだ、読まんのか」

その声があまりにも弾んでいたので、小夜は思わず笑ってしまう。

「もう、そんなに嬉しそうな声で仰《おっしゃ》らないで下さいな」

「嬉しくなるのも当然だ。お前がよそ見をしていると俺はとてもつまらない」

鬼灯は小夜を抱きしめたまま、緩く編まれた小夜の髪の先端をいじっている。その指先に指を重ね、絡めながら、小夜は言う。

「よそ見などいたしません。……一生に一度の素敵なお手紙を、もう鬼灯様から頂いていますから」

数か月前、夜の神のいざこざに巻き込まれた際に、小夜は鬼灯から恋文を受け取っていた。かなり変わった形ではあったが、それは確かに鬼灯からの愛が綴《つづ》られた文章だったのだ。その恋文は今でも小夜の枕元に大事に置かれてある。

鬼灯は愛《いと》おしそうに口元を綻ばせた。そうして小夜を抱く腕に力をこめる。

小夜は一度鬼灯から遠く引き離されてしまった。かつて夜の神だった者に、五十年前の時間に飛ばされてしまったのだ。

時間を操る術は限られた神にしか使えず、小夜は二度と鬼灯の元に戻れないと絶望していた。鬼灯もまた、突然消えた小夜を、血眼《ちまなこ》になって捜していたのだ。

だから二人とも、互いの存在がかけがえのないものであることを、知っている。

「お前がこの腕の中に戻ってきてくれて、本当に良かった」

「私も、鬼灯様の元に帰ることができて嬉しいです」

おずおずと鬼灯の腕に手を置いた小夜は、ずっとこうしていたい、と思った。

鬼灯の体温を、優しさを、ずっと独り占めしていたいと――。

けれど二人の甘やかな時間は、背後の鬼灯の気配が鋭く研ぎ澄まされたことで終わりを告げる。鬼灯は顔を上げ、険しい顔で呟いた。

「勝手に紛れ込んできた手紙が残っている。お前は――誰からの使いだ？」

『これはご無礼を。ご挨拶させて頂きます』

机の上にはいつの間にか、一葉の手紙が載っていた。

それはぱたぱたと自然に折れ曲がり、かまきりのような形に変化する。

『私の名は伊吹《いぶき》。冷泉家の精霊でございます』

「冷泉家……！　亡くなった母の実家です」

小夜の言葉に、鬼灯の眉間の皺《しわ》が深くなった。

伊吹と名乗ったかまきりは、嬉しそうな声で、

『はい、小夜様のお母上であらせられる杏樹《あんじゅ》様は、当代当主である俊太郎《しゅんたろう》の長女でございます。この度は火の神様とのご結婚、誠におめでとうございます』

「あ、ありがとうございます」

「礼など言うな、小夜。冷泉家はお前が石戸《いしど》家でひどい仕打ちにあっているのに、助けにも来なかった薄情者どもの集まりだ。そもそも俺と小夜が結婚してもう一年は経《た》つぞ。ずいぶんのんびりと祝いに来たものだ」

吐き捨てるように鬼灯が言うと、伊吹はしおらしげに、両方の鎌を下げた。

『それは私どもも痛恨の極みでございます。そのお詫《わ》びもかねて……いかがでしょう？　一度我らが冷泉家の屋敷にいらっしゃいませんか。無論、火の神様もご一緒に』

結婚のお祝いをさせてほしいのだと伊吹は言う。

小夜は不思議な気持ちになった。冷泉家。それは遠く懐かしい子守歌のような響きを伴って、小夜の耳にこだまする。

小夜の母は、着物を清める力を持った巫だった。その力は小夜にも受け継がれ、夜の神の穢れを鬼灯と共に祓《はら》ったことがある。

異能がないと思っていた自分の中で育まれた力。その力が、小夜の中に流れる冷泉

家の血によるものだとしたら、一度その家に行ってみたかった。

それに、八つの頃に亡くなった慕わしい母の実家だ。何か母の物が残っているかもしれないし、「蝶の耳」を使って、その物から母のことを聞くことができるかもしれない。

「私はお伺いしてみたいのですが、鬼灯様」

「……小夜がそう言うのであれば。お前を一人で行かせるわけにはいかないからな」

乗り気ではないらしかったが、鬼灯は同行すると約束した。

すかさず伊吹が、来訪して欲しい日時を告げる。当日は迎えをよこすと言ったが、鬼灯が自分たちの足で行くからと断った。

伊吹は食い下がったが、鬼灯はにべもなくそれを退けると、

「では約束の日にお伺いしよう」

と言って、伊吹にふうっと息を吹きかける。

すると紙でできたかまきりは、めらめらと燃えて消えてしまった。

「も、燃やしてしまって大丈夫でしょうか？」

「精霊の分体だ。いくら燃やしたところで、本体は痛くも痒《かゆ》くもなかろうよ」

吐き捨てるように言った鬼灯は、どこか怒ったような顔をしている。

そこへ牡丹が戻って来た。煙を上げている机を見て、まなじりを吊《つ》り上げる。

「何か悪いものでも入り込みましたか？」

「冷泉家の使いだ。小夜を冷泉家に招待したいらしい」

「冷泉家に……？　それ、小夜様はお受けになったのですか？」

「ええ。お母様の物が残っているかもしれないし。でも、鬼灯様がお忙しいようでしたら、私一人で参りますが」

「それは絶対に駄目だ。俺も一緒に行く」

「ですが、迎えを断られたり、分体を燃やしたり……。鬼灯様は、あまり冷泉家のことがお好きではないのですよね」

「当然だ。小夜が石戸家にいた頃には気にも留めなかったくせに、俺と結婚して、有名になった途端に声をかけてくるなど、裏があるに決まっている。だから俺が一緒に行くのだ。お前を妙なことに利用されんようにな」

「鬼灯様に全面的に賛成いたします！　冷泉家は、小夜様のお母様のように、優れた巫をたくさん輩出している名門ですけれど、人を人とも思わないようなところがあるのです」

　その瞬間、いつになく険しい表情になった牡丹だったが、すぐにいつもの悪戯《いたずら》っぽい表情に切り替えて、鬼灯に絡んだ。

「鬼灯様、絶対に小夜様のことをお守りして下さいよ。冷泉家は今勢力を伸ばしてるって噂《うわさ》の檜の神様や、花の神様にも巫として仕えています。人手不足なものだから、優秀な巫である小夜様を勧誘するつもりなのかも！」

「もしそんなことになれば断固として断る。瞬時に断る。絶対だ」

牡丹は強く頷いた。

「にしても、例えば花の神様なんかは、冷泉家の巫を信用してないっていうじゃないですか。それなのに巫として仕えさせているんですから、よく分からないですよね」

「お前は本当に噂が好きだな……。花は昆虫や鳥のことを好きではなくとも、花粉を運ばせるだろう。好き嫌いと自分の利益はまた別だ」

「何とも突き放したおっしゃりよう！　その価値観は神様特有のものでしょうね」

呆《あき》れたように笑う牡丹の横で、小夜は鬼灯の言葉をじっくりと考えている。

「利益……。花の神様にとっては、どれだけ嫌いでも、冷泉家の巫と交流することは、善いことなのね」

「そうだ。冷泉家はそれだけ力のある存在だということだな。最近では人間の政にも色々と首を突っ込んでいると聞く」

「そうしてお母様は、冷泉家の者として、石戸家に嫁がれた……」

だが嫁ぎ先で病に倒れ、八つの小夜を残して亡くなってしまう。

けれど、小夜の記憶にある母親の葬式には、冷泉家の人間の姿はほぼなかった。

可愛がってもらった記憶のある伯父の姿はなく、ただ使用人だという者が何人か焼香を上げに来ただけ。

幼かった小夜には、冷泉家と母親の間に何があったのか、知ることはできなかった。

けれど、鬼灯や牡丹の様子を見るに、油断してはいけない相手であることは確かなようだ。小夜は気を引き締めて、招待された日が来るのを待った。

＊

春の盛り、冷泉家のよく手入れされた庭には、海棠《かいどう》や山吹、ぼたんゆりといった花々が咲き誇っている。

海棠の微かな香りに、小夜はふと幼い頃に冷泉家を訪れた時のことを思い出した。

一人の男が、小夜と海棠の花でおままごとをしてくれた。

大きな体を小さく丸め、せっせと花びらを並べていた姿が思い出され、思わず立ち止まっていると、鬼灯が呼び掛ける。

「小夜。どうした？」

「いえ……少し、昔のことを思い出していました」

小夜は白昼夢から醒《さ》めたような心地になりながら、鬼灯の横に並ぶ。

冷泉家は帝都の中枢部に近い所にある広い屋敷だ。

帝都は当然人間たちの行きかう街なので、鬼灯は目立たぬよう地味な服装をしていた。神であることを隠し、ただの人間であるように見せかける術も施している。

それでも、眼帯を着けた美丈夫の姿はひどく目立ち、若い娘たちが黄色い声を上げて振り返るのが分かった。役者かしら、いいえどこかの御曹司よという、小鳥のさえずりめいた声が聞こえる。

小夜は誇らしい気持ちになった。顔を上げ、背筋を伸ばして堂々と歩くよう心掛ける。

きっと猫背で歩いても鬼灯は咎《とが》めない。けれど小夜自身がそうしたいのだ。自分のために、そして鬼灯のために。

飛び石を踏み、玄関の前に立つと、すぐに戸が開いた。

出迎えたのは真珠色の髪をした女性だった。薄緑の銘仙を纏い、指先をひたりとそろえ、二人に頭を垂れている。

「ようこそおいでくださいました、鬼灯様。そして小夜様」

男のものとも女のものともつかぬ声。

「私は伊吹と申します。冷泉家の精霊として、長らくお仕えしております」

伊吹。かまきりの姿を取って、火蔵御殿に招待状を送った精霊だ。

「こんにちは。この度はお招き頂きまして、ありがとうございます」

小夜が頭を下げるのを、伊吹はただじっと見つめている。口元には笑みが浮かんでいるのだが、虹彩《こうさい》の小さな目はちっとも笑っておらず、小夜の一挙手一投足も見逃すまいとしているのが分かって、小夜は身を縮めた。

「こちらへどうぞ」

踵《きびす》を返す伊吹の後を追おうとすると、鬼灯に手を取られた。ことさらゆっくりとした歩みになった鬼灯は、小夜の耳元で囁《ささや》く。

「そう緊張するな。俺がついている」

「鬼灯様……。はい、鬼灯様が一緒なら百人力です」

「しかし面白くない家だな。監視の目が、ひいふう……ざっと二十五といったところか」

「何を監視するのでしょう？　私がお庭のお花を勝手にむしってしまうと思われているのでしょうか……？」

真面目な顔で小夜が言うのに、鬼灯はふっと口元を緩めた。

「花泥棒は罪にはならん。帰りにそこの新種のぼたんゆりでも摘んでいこうか」

「だめですよ、鬼灯様」

などと言い合っているうちに、母屋に到着した。

しんと静まり返った玄関では、使用人と思しき人間たちが平伏していた。身なりの良い使用人たちは、身じろぎもせずただ床に額をすりつけている。

目が笑っていない精霊に、顔を見せない使用人たち。

歓待されているとは思えなかった。

脱いだ草履を素早く片づけられ、何となく退路を断たれたような気持ちになったのは、小夜の思い過ごしだろうか。

磨き抜かれた長い廊下を歩いていると、伊吹が思い出したように言った。

「あいにくですが、当主である俊太郎の体調が悪く、本日はお会いできないとのことでした。少々患っているものですから」

「まあ、それは……。存じ上げず大変失礼いたしました。お加減は大丈夫でしょうか」

小夜の言葉に伊吹は微かに首を振り、

「お伝えしていませんでしたから。代わりに俊太郎の次男である勇次郎が、お二人をお待ちしております。小夜様にとっては伯父に当たる者です」

「お前は勇次郎の精霊か？」

「ええ、もう二十年近く仕えております」

誇らしげに言った伊吹は、立ち止まって襖を静かに開けた。

二十畳ほどもある部屋だった。次の間に続く襖には孔雀《くじゃく》の絵が描かれ、見事な欄間は天女の姿を象《かたど》っている。床の間には雪柳が鮮やかに活《い》けられていた。
足を踏み入れた小夜の背後で、とん、と襖が閉められる。
「えっ？」
部屋の中には小夜しかいない。慌てて襖を開けようとするも、びくともしなかった。
小夜が振り返ると、襖に描かれていた孔雀がするりと現れ、畳の上に爪を立ててい
た。欄間の天女たちも、大きさはそのままに、ふよふよと降りてくる。
彼らは小夜の周りを舞いながら、好き勝手に言葉を連ねる。
『はん、これが火の神の花嫁ねェ』
『悪かないが、もっと美女もいるだろうに。ああ、あの神の趣味かね』
『地味好みの男はいつの時代もいるものさ。どれ、血を見てみよう』
低い男の声で言うと、孔雀の爪がさっと小夜の肌をかすめる。
だが、ごうと燃え立つ火の神の加護が、小夜を守ってくれた。傷一つつけられない
どころか、足先に火傷《やけど》を負った孔雀は、苛立《いらだ》ち交じりの声を上げる。
『見ろよこの過保護ぶりを！　花嫁を大事に大事に囲っておきたいらしい』
『ふん、お前も使えないね』
「あ、あの、あなたたちは一体、どなたなんですか」
会話を試みるも、小夜の言葉は無視されてしまった。

『血の味見ができないんじゃあしょうがない、清めの力の方を見てみるとするか』

東の方の襖が音もなく開くと、能面をつけた、小夜よりも少し大きいくらいの人影が、よろよろと部屋に入って来た。

黒い羽織から覗く手には、固そうな毛がびっしりと生えている。能面越しに、狼《おおかみ》のような呻《うめ》き声《ごえ》が聞こえてきた。

よく見ると、能面からは蜘蛛《くも》の脚のようなものが生えていて、それが顔の肉にしっかりと食い込んでいるらしい。そのためか、あやかしの毛は自らの血で濡《ぬ》れていた。

「その能面は一体——あなたは大丈夫なのですか」

小夜が声をかけてみるも、返答らしいものはない。能面からは何かぶつぶつと呟く声が常に聞こえているが、意味が取れなかった。

意思疎通のできない相手を前にした恐怖が、小夜の心をじわりと侵食する。

『ほうら火の神の花嫁よ。冷泉家の血を引く者よ。あれは人狼《じんろう》だ。外《と》つ国《くに》のあやかしらしいが、ご覧、穢れを纏っているようだ』

『それに血まみれだね』

『触れる？　殺す？　お好きにどうぞ！』

初めて見る人狼というあやかしは、鋭い爪を生やしており、力も強そうだ。顔に食い込んだ能面を外そうと試みるのだが、六本の黒い脚は顔の皮膚を突き破っているようで、痛みかあるいは不快感のせいか、身もだえしている。

小夜は恐る恐る人狼に近づき、観察する。

能面からは、じわじわと冷気のような穢れが染み出している。

「大丈夫、大丈夫ですよ。怖いことはしないわ」

小夜は腕をこすってやった。胴震いするたびに飛び散る血が哀れで、小夜は能面が取れないかどうか確かめてみたが、びくともしなかった。痛みに唸《うな》る人狼の体を辛抱強くこすってやると、穢れが少しずつ取れて、能面が緩んでゆく。

だが、食い込みは緩んでも、完全に外すことはできなかった。

「すぐ鬼灯様がいらっしゃいますから、そうしたら穢れも全て祓えますよ」

『馬鹿だね、来ないよ。この広間は伊吹の結界術によるものだからね』

『伊吹は凄いよ。恐ろしい子だよ。あんな涼しい顔して、人間なんかぱくりだよ』

「いいえ、来ます」

小夜は顔を上げ、閉ざされた襖をじっと見つめた。

天女たちがげらげら笑っていると、その襖がどろりと青白い炎の中に溶ける。

その炎の中から現れた鬼灯は、ざっと右手を薙《な》ぎ払った。すると、今まで笑っていた天女や孔雀が一瞬にして掻《か》き消える。

「鬼灯様！」

「小夜。大事ないか。少し様子を見るつもりだったが、いやはや全く癪《しゃく》に障る家だ！」

うんざりした様子で叫んだ鬼灯は、血まみれの人狼を見てため息をついた。

「あの穢れは、着けている能面から発せられているようだ」

「そのようです。顔に食い込んで痛そうだったので、外そうと思ったのですが、なかなか取れなくて」

「恐らくあの能面は、穢れを与え、相手の意識を乗っ取る呪具の一種だろう。初めて見る。どうやって開発したのか……と言いたいところだが、小夜の力を見るために、あやかしを傷つけることまでするのか。度し難い」

「私ごときのために、こんなかわいそうなことをするなんて」

小夜は眉をひそめる。鬼灯は手のひらに淡い炎を浮かべると、傷ついた人狼を何度か撫《な》でて、穢れを祓ってやった。

すると、顔面に張り付いていた能面がぽろりと取れ、赤っぽい毛をした狼の顔が現れる。人間の体に狼の顔というのは妙な取り合わせだが、これが人狼という生き物なのだろう。

夢うつつのような目をして、人狼はのろのろと次の間に歩み去って行った。

死んだ虫のように脚を上向きにして落ちている能面を拾い上げると、鬼灯はそれを様々な角度から眺めた。

「簡易的なもので長続きはしないが、人を操るには十分な穢れを発生させられるよう術を組んでいるようだな。しかも遠くから穢れの量を自在に変えられるようになっているのか。……ん、何か妙な術式が組まれているが、これは？」

鬼灯は一瞬専門家の目つきになったが、今はその時ではないと悟り、すぐに能面を懐にしまった。そして思案気に自分を見上げてくる小夜に微笑みかける。

火の神は、穢れを清める力を持つ。

けれどその力は、使えば使うほど消耗する類のもので、先代の火の神は、清めの力を皆のために使ったせいで、神気を消耗させて亡くなったと聞いている。

不安そうに見上げる小夜に、鬼灯は安心させるように笑いかけた。

「既にお前がほとんど清めてくれていたから、俺に負担はない。大丈夫だ、小夜」

「それならば良いのですが……。あの人狼にも血を流させてしまって、申し訳ないことをしました」

俯《うつむ》く小夜の耳に、聞き覚えのない声が飛び込んできた。

「弱い者に心を寄せるところは、妹譲りかな」

いつの間にか、床の間の前に、一人の男が座っていた。

黒い髪、薄青の仕立ての良い着物に、どこか張り付けたような笑みを浮かべている。

その笑い方に、小夜はぴんと来るものがあった。

「もしかして、勇次郎伯父様でしょうか」

「ああ、覚えていたんだね。小さい頃の君は僕を怖がって、あまり近寄らなかったから」

「それは……子どもの頃とは言え、申し訳ございません」

勇次郎はあまり子どもが好きではないようで、母も勇次郎に小夜だけを近づけることはほとんどしなかった。それに、勇次郎は母のことを恐ろしい目で見つめていたような気がして、怖かったのだ。

母は勇次郎の笑みをこう評していた。「完璧で、うそもの」。

勇次郎は鬼灯の方を見ると、ふっと笑った。

「火の神様。この度はご結婚、誠におめでとうございます。私の不肖の姪《めい》が、少しでもあなたのお役に立っているようで何よりです」

「お前の精霊が、小夜のみを閉じ込める術を使った。私と花嫁を分かつような真似《まね》は二度とするな」

鬼灯はぎろりと勇次郎を睨《にら》みつけた。勇次郎は平伏し、申し訳ございませんと言ったが、それは口先だけのように聞こえた。

「火の神様は呪いを受けられたはずですが——。なるほど、小夜がその呪いを解いたというのは真《まこと》のようですね。小夜は巫としての教育は受けていないはずだが、よく手綱をつけられたものだ」

「お前たちは小夜の力が欲しいのだろう？　石戸家にいた頃は、まるで小夜など存在しないかのように振る舞っていた癖に、小夜の本当の力が分かった途端、このように呼び立てる。手のひら返しは冷泉家の十八番《おはこ》とみえる」

「力が欲しいなど、滅相もございません。小夜の中には冷泉家の血が流れております。石戸家があのように没落した今、我ら肉親が面倒を見るのが筋でございましょう」

「小夜は既に私の花嫁となった。火の神のものである」

「ええ、それはもう、乱暴者で名を馳《は》せたあなた様をこれほど手なずけるなど、我が姪ながら一体どのような手管を使ったのか」

小夜の頭から足先までを、探るような勇次郎の目線が這《は》い回る。蛇のように、不《ぶ》躾《しつけ》で不吉で、けれど逃れられない引力を持つ眼差し。

鬼灯はその眼差しから小夜を守るように、二人の間に割り入ろうとしたが――その前に、小夜が叫んだ。

「鬼灯様をそのように言うのはやめて下さい！」

「小夜」

「手綱をつけるだとか、手なずけるだとか、それではまるで鬼灯様が獣のようです。鬼灯様は責任の重い火の神様のお務めを、立派に果たしていらっしゃいます。そして私は、ご縁があって、火の神様の花嫁となっただけの人間です。伯父様が期待するようなものは、何もありません」

不躾に品定めをされた挙句、能面をつけてわざわざ穢した人狼を送り込み、清めの力を試すような真似をされた。

それだけならまだしも、夫である鬼灯を軽んじるようなことを言われたのだ。ここで黙っていてはいけないと思った。

鬼灯は声を荒らげる小夜を、呆気《あっけ》にとられたように見つめていたが、すぐに唇を引き結んで勇次郎に対峙《たいじ》した。

「妻を怒らせるとは大したものだ。せっかく招いてもらったところ悪いが、私たちは引き上げさせてもらおう」

「ふむ。てっきり、利害で結びついた夫婦かと思っていましたが」

「その目は飾りか？　これほど大恋愛の末に婚《くな》いだ夫婦もおらんというのに」

鬼灯はしれっと言うと、小夜の体を両手で抱え込んだ。

二人の全身を橙色《だいだいいろ》の炎が包み込む。

次の瞬間、彼らは冷泉家の門の前に降り立っていた。鬼灯は冗談めかして、

「忌々しい家であったが、小夜が俺のために啖呵《たんか》を切る様が見られたのは良かったな」

「……」

「小夜？　どうした」

「あ、いえ、何でもありません。……鬼灯様をあんな風に言うなんて。私の伯父が失礼しました」

「血が繋《つな》がっているというだけの他人だろう。幼い小夜が避けていたのも頷ける。あれは自分のことしか考えていない冷血漢だ」

小夜は頷きながらも、去り際に勇次郎が小夜にだけ囁いた言葉を、心の中で繰り返した。

『母の秘密を——お前の力を知りたくないか？』

清めの力。それが母親の秘密とやらに関係しているのだとすれば、知りたい。

だが知ろうとすれば、冷泉家に深入りすることになる。鬼灯を悪《あ》しざまに言い、精霊や神への敬意が感じられない彼らと、これ以上関わりたくなかった。

頭を悩ませる小夜を見つめながら、鬼灯はこともなげに呟いた。

「小夜の力を見たんだ。連中、小夜をさらうくらいのことはするかもしれない」

「私をさらって、鬼灯様を脅したいのでしょうか？　火の神様の力が、当主……おじい様の病気を治すのに必要、とか」

「どうだろうな。冷泉家は今一番勢いのある家だし、俺のことをあのようにこき下ろすということは、俺の力を手に入れたいというよりはむしろ、小夜そのものが欲しいんじゃないか？　ああもちろん、くれてやる気など毛頭ないが」

小夜は首を傾《かし》げる。

「私は巫としての教育を受けてこなかったので、冷泉家にとってあまり価値のある存在とも思えませんが……。清めの力も、鬼灯様とご一緒しなければ、十全に揮《ふる》うことができませんし」

「彼らには彼らの思惑があるのだろうよ。――こういった名家は、一つの機構のように働くものだ。全体を生かすためならば、犠牲を厭《いと》わない。人をまるで将棋の駒のごとく扱って憚《はばか》らない。ゆえに、また小夜に接触してくるだろうな」

いつものことだ、と鬼灯は言った。

「俺にできることはいつも一つだけ。お前を守ることだけだ」

「ありがとうございます。私も頑張って、守られます」

妙な言葉遣いではあるが、小夜としてはそう言うしかない。

小夜は、かつて夜の神であった空亡《くうぼう》に、過去に送られてしまったことがある。それは小夜が勘違いをして、鬼灯の加護の及ばないところに行ってしまったせいだった。

だから今度こそ、注意深く守られていよう、と小夜は心に決めるのだった。

冷泉家を後にする小夜は、塀の向こうに見える海棠の花を見て呟く。

「あの時私と遊んでくれた、浩一郎《こういちろう》伯父様には、会えなかったわね」

二章　猩々の契約書

金箔《きんぱく》を浮かべた酒を豪快に喉に流し込み、伊吹はその旨《うま》さに目を細めた。

伊吹の前では、主人である勇次郎が、葡萄酒《ぶどうしゅ》をちびちびと舐《な》めながら、何かの帳面を睨んで考え事をしている。

「主様。酒の肴《さかな》に仕事をする癖、直した方が良いと思いますよ」

「僕は三度の飯より仕事が好きなんだよ」

「その勤勉さが、今の主様をこの地位に押し上げたのでしょうが……。いやはや、頭が上がりませぬ」

と言いながらも、伊吹は手酌でぐびぐびと酒を飲んでゆく。酒に目がないこの精霊は、それでも勇次郎にとっては、最も手に馴染《なじ》んだ道具であった。

「小夜様、見目は悪くはないですが、絶世の美女というわけではありませんでしたね」

漆に桜の螺鈿《らでん》が施された酒器をゆらゆらと揺らし、伊吹がぼやく。

「火の神が地味好みだとは知らなかった。冷泉家から何人か花嫁候補を送れば良かったですね。そうすれば火の神に恩が売れた」

「火の神は制御が難しかろう。あれは劇薬だ。石戸家の人間も、火の神の逆鱗《げきりん》に触れてああなったのだろう。それに火の神に肩入れしすぎると、天照大神様との関係が微妙になってしまう」

「なるほど。だからあのように、さも手に負えない獣であるかのように仰ったのですね」

「小夜と結婚している以上、多少煽《あお》ったところで、本気で冷泉家を潰すような真似はすまい。何しろ小夜の実母の生家だからな」

　勇次郎は帳面から顔を上げる。

「小夜の力は非凡なものがあると僕は見ている。人狼の穢れを清めた時……。何か尋常ならざるものを感じた。火の神の力もあるが、あれほど綺麗に穢れを清められる人間は滅多にいない」

「綺麗な力でしたね。力みがなくて、静かな水面の上を滑るようで」

「しかもお前も見ただろう。火の神の呪いはほとんど解けかかっている。天照大神様のかけた呪いを、ただひとである小夜が解きつつあるのだぞ？　小夜の清めの力は、開祖の再来となりうるのではないだろうか」

「冷泉家の開祖様ですね。死穢以外の全ての穢れを祓う清めの力」

「ああ。――もし、開祖に近い清めの力を小夜が持っているとすれば……。そして、その力を冷泉家が手に入れることができれば、もはや我々は、神に頭を下げる必要がなくなる」

神をも凌《しの》ぐ力を、小夜が持っているとするならば。

その力を冷泉家のものとする。そして、神々に仕えるのをやめ、その力を人間の進歩のためだけに使う。

勇次郎はそんな絵図を描いていた。

「そもそも神というものは気まぐれだ。そのくせ強い力を持ち、僕たちを翻弄する。高い金と膨大な時間を費やして仕えても、一度そっぽを向かれたら終わり」

「花の神のことでございましょう。派手で華やかですから、冷泉家の印象を良くするのに一役買ってはいるものの、ああも高価な宝石や芸術品をねだられては、いくら金があっても足りやしない」

それに花の神は、冷泉家の誰に対しても冷淡だ。お気に入りの巫でもいれば、まだ繋ぎとめることができるが、金品の奉納でのみ保たれている今の関係は危うい。

「花の神だけではない。僕らがどれほど心を砕き、懐を痛めたところで、全ては神の思い一つでひっくり返ってしまう。天候も、あやかしたちの攻撃も、天災のように襲い掛かる穢れも、上手く操れていたと思った瞬間、飽きっぽい神に全て台無しにされるのだ」

それでも冷泉家は、金と名声でもって、上手く神の機嫌を取ってきた。

しかしそれも限度がある。冷泉家の分家の中には、花の神を始めとする身勝手な神との関係を断った方が良いのではないかと主張する人間が増えてきた。

「外つ国には神などというものは存在せず、人々が主体となって世界を善くしていると聞く。技術も精神も、人のみで磨き上げているのだ」

「精霊もいないとか。なら雨を降らせたり、風を吹かせたりするのは誰の役目なんでしょう？　悪い奴に仕置きするのだって精霊の大事な仕事ですよ」

「さあな。『デウス』とかいう姿の見えない神はいるらしいから、そいつが陰で働いているんじゃないか？」

「陰で働くなんて、健気《けなげ》な神ですね」

神とは巫や人間に褒《ほ》め称《たた》えられることで力を蓄えるものだ。精霊とて、自らの働きを褒められれば嬉しい。けれど陰で働いては、称えられることもないだろう。それの何が面白いのか、と伊吹は言っているのだ。

「世界では、神に頼らないやり方が普通なんだ。僕たちも、そのやり方に倣《なら》うべきだ。人の勤勉さが、海を渡らせ、土地を切り開き、今の繁栄を築いてきたのだから」

人の手に力を取り戻す。勇次郎は野心に燃えていた。

「神はあまりにも高いところにいる。少しばかり引きずり降ろさねば、人間は搾取されるばかりだ。……そのためにも、小夜の力が必要だ」

「細かいところは私には分かりかねますが。主様が仰るのならば、そうなのでしょう」

伊吹は興味がなさそうに言ったが、酒器の中の酒を飲み干すと、ずいと勇次郎に顔を近づけた。

「大義などどうでもいい。私が欲しいのは具体的な行動の命令です。私は何をすればよろしいか」

「火の神から小夜を返してもらう。そのために、火の神の屋敷に精霊を張りつけておけ。どんな隙も見逃さないように。そして小夜には、冷泉家への招待状を送り続けろ。来ないなら、当主の見舞いにも来ない不義理者となじれ。あの娘の良心に働きかけるんだ」

「委細承知。全ては主様の御心《みこころ》のままに」

伊吹はいそいそと立ち上がった。

＊

男は再度手紙に目を落とす。何度読んでも、そこに書かれた事実を上手く呑《の》み込むことができずにいた。

「俺としたことが、あまりにも迂闊《うかつ》だった。連中の言葉を鵜呑《うの》みにすべきではなかった。そんなこと、分かり切っていたはずなのに」

無数の傷跡が残った無骨な手が震え、手紙をくしゃりと握りつぶしてしまう。慌て紙を引き伸ばすが、皺は残ったままだ。

「……様子を見に行くか。いや、俺が行ったところで、今更受け入れてもらえるとも思えないし、冷泉家の連中に変な勘繰りをされても困る」

男は腕を組み、椅子に寄り掛かる。苦虫を嚙《か》み潰したような顔で呟いた。

「かわいそうな杏樹。……だが、小夜は無事なようで、良かった」

＊

火蔵御殿の庭には、捕縛されたあやかしたちが、ざっと十数体は並んでいる。

妖狐に小豆洗い、目玉がやたらと多いあやかしや、草木の精霊といった面子《メンツ》だ。

彼らは悪戯を咎められた子どものように、これから何が起こるのかという不安から、落ち着かずにいた。

牡丹はずらりと並んだあやかしたちに向かって、苛立ちを隠さない声で言った。

「あなたたちときたら、よくもまあ毎日飽きもせず火蔵御殿に侵入してくるものですね」

『言伝《ことづて》があんだよ！　当主様が病気だっていうのに、小夜って娘は、見舞いにも来ない不義理者なのか、って伝えろって言うからさあ』

『お、俺も同じ言伝だ』

『被《かぶ》ったな。どうでえ、同じ言伝仲間ってことで、これからどこかでちょいと一杯』

「はいそこで意気投合しない！　今日はですね、皆さんにお伝えしたいことがありますので、よーく耳の穴かっぽじって聞いて下さいね」

牡丹はかっと目を見開いて叫んだ。

「火蔵御殿は火の神様の加護が及んでいる場所です。あなたたちのような弱っちい三下の下っ端風情がもぐりこんで、情報を集められるような所じゃあないんですよ。だというのに性懲りもなくうじゃうじゃうじゃうじゃ湧いて！」

『そんなこと俺たちに言われても』

『なあ、私たちはただ主人の命令に従っただけだぜ』

「だからそれをその主人とやらに伝えて下さいってんですよ！　私だって暇じゃないんですよ。井戸端会議に出かけなきゃいけないですし、甘味屋の春の新商品も確認しに行かなきゃいけないっていうのに、あなたたちの後始末でその暇もありません」

むくれる牡丹の後ろに、鬼灯が現れる。

恐ろしい家主の登場に、縛られた精霊たちが、ひえっと声を上げる。

「冷泉家から遣わされたんだろう、お前たち。主人は選んだ方が良いぞ」

「鬼灯様！　もう、鬼灯様も鬼灯様です。あやかしたちの侵入をこうも易々《やすやす》と許してしまわれるなんて。敷地に入った瞬間、不埒者《ふらちもの》を燃やし尽くすような術とか開発できないんですか？」

「できるが、小夜が嫌がる。それに、こうすることで冷泉家の手の内も分かるしな」

鬼灯はあやかしたちに視線を集中させた。火の神の、太陽のごとき金色の目に射すくめられ、皆硬直したまま動かない。

「ふむ。大体分かった」

必要な情報を集め終えた鬼灯は、彼らを解放するよう牡丹に言った。捕縛の術を解かれたあやかしたちは、我先にと火蔵御殿を逃げ出していった。

彼らが去ってのち、小夜が庭に顔を出す。

「終わりましたか？」

「ああ。あやかしを送り込んできた奴らは三人。それぞれ別の思惑がありそうだ」

「別の思惑？　どのあやかしたちも、小夜様を狙ってきたんじゃないんですか？」

「一人は火蔵御殿の結界強度を確かめるため、一人は小夜を観察するため、もう一人は火蔵御殿に罠《わな》を仕掛けるために、あやかしを送り込んできている」

「罠とは、穏やかではありませんね」

「大丈夫だ。火蔵御殿では大概の罠は焼け落ちる」

鬼灯の言葉に、小夜が安堵《あんど》したような表情を浮かべた。妻のそんな顔を見て、鬼灯もまた穏やかな表情になる。

相変わらずの仲睦《むつ》まじさに、満足げに頷いていた牡丹だが、それにしてもと呟いた。

「精霊の言伝を鵜呑みにするわけじゃないですけれど、冷泉家のご当主様のご体調、あまり芳しくはないようですわね」

「冷泉家の当主というと、一応小夜の祖父に当たる人間だな」

「母が生きていた頃も、あまりお会いする機会のない方でした。ご病気だというけれど、大丈夫なのかしら」

「家業に関係する仕事はそこそこなしているみたいですけど、あまり部屋から出てこないって、あそこに出入りしてる猫又《ねこまた》が言ってました」

井戸端会議で収集してきた話を披露すると、小夜が微かに眉をひそめた。

「お部屋からあまり出てこられないということは、お体がお辛《つら》いのかもしれません。やはり一度お見舞いに伺いたいです。母の話もできるかもしれませんし」

「石戸家にいた小夜を顧みなかったとは言え、肉親ではある。小夜がそう言うなら出向いてやるか。ただし取次は頼まず、勝手に押しかけよう」

あっさりとした鬼灯の物言いに、牡丹は怪訝《けげん》そうな顔になる。

「……ってことは何ですか、病人の部屋に直接乗り込むおつもりです？」

「相手は病人なんだろ。取次など面倒なことは省いてやった方が、向こうの体調にも良いんじゃないか」

鬼灯は面倒くさそうに言ったが、俯いたままの小夜を見てはっとした顔になる。

「俺のこういうところが乱暴者と言われてしまうのだな。やはり取次を頼むか」

「い、いいえ！　良いと思います。私もまた勇次郎伯父様にお会いして、嫌なことを言われるのは避けたいですし……。今考えていたのは、お見舞いの品をどうしようかということでして」

「確かに、それは重要だ！　物づくりの神たる俺が見舞いに行くわけだからな。中途半端な物を持っていくわけにはいかん」

そうと決まれば早速素材を探しに行こう、と鬼灯は小夜を引っ張って火蔵へと足を踏み入れるのだった。

「それで、本当は何を懸念している？」

「えっ？」

火蔵の地下五階にある棚を探していた小夜は、振り返って鬼灯を見上げる。

「見舞いの品も大事だろうが、お前が心配しているのはそのことではないだろう、小夜」

「……鬼灯様には隠し事ができませんね」

ふっと表情を緩めた小夜は、

「浩一郎伯父様はどうしていらっしゃるのかと思って」

「名前からするに、冷泉家の長男だな」

「はい。子どもの私とよく遊んでくれたのです。今頃はお嫁さんをもらって、冷泉家の跡取りになることが決まっていると思っていたのですが、勇次郎伯父様が私を取り込もうとされているところを見るに、そうではないのかもしれません」

「跡目争いは名家の常。それにあの家も一枚岩ではないだろうしな」

「どうしてお分かりになるのですか？」

「うちに侵入しようとしたあやかしたちの目的や主人が異なるところから見て、色んな派閥があり、密《ひそ》かにしのぎを削っているのだろう。勇次郎がお前と親しくなりたがるのは、その跡目争いから一つ抜きん出る要素が欲しいからではないか」

小夜の探している棚とは別の場所を漁《あさ》っていた鬼灯だったが、苛立ったように頭を振った。

「それにしても、人間の見舞いの品とはどのようなものが適切なんだ？」

「そうですね……。ご体調が優れないのであれば、あまりきらびやかなものは避けた方が良いかもしれません。恐縮してしまうほど高価なものではなく、どちらかというと心が和むような、小さくて素朴なもの」

歌うように呟いた小夜を、言葉にならない小さな声が引き止める。

棚の奥、暗がりにちょこんと置かれたもの。

それは手のひらに収まるほどの、貝殻だった。内側からぼんやりと輝いているようで、火蔵の暗さや煤《すす》けた空気に冒されない存在感を放っている。

「ああ、南の国の貝殻だな。耳に当てると、波の音が聞こえるらしい」

鬼灯は貝殻を取り上げて小夜の耳に当てた。小夜は波の音がどういうものか分からなかったが、目を閉じて耳を澄ましてみる。

風の音が聞こえた。障子を開け放った部屋の中に、海棠の花びらと共に吹き込んできた春風の音だ。

小夜の瞼《まぶた》の裏に、母親と過ごした懐かしい日々がよぎる。

頬についたまつ毛を取ってくれた優しい指先、二人だけの替え歌、母の首元のにおい、鳥のさえずりのように小夜の名を口ずさむ声。

何度も手にしてすり切れた布のように、あちこちが掠《かす》れてしまっているけれど、確かにそこにあった、胸が苦しくなるほどの愛おしい瞬間。

泣きそうになりながら、小夜は目を開ける。

「波の音は聞こえませんでしたが、代わりに、とても懐かしい風の音が聞こえました。お母様と一緒に過ごしている春の日の、風の音」

「ふむ？」

鬼灯は自分の耳に貝殻を当てる。

ややあって、眼帯に隠されていない方の目が、微かに細められた。喜んでいるような、痛みをこらえているような、そんな顔だ。

「懐かしい音、か。俺にも聞こえたよ」

「どんな音ですか？」

「師匠の足音と、炊事の音。衣擦《きぬず》れの音。誰かが俺を呼ぼうと息を吸ったところで、音は終わってしまうんだ」

「……それは、五十年前の記憶ですか？」

「ああ。俺がまだ火の神になる前のこと、お前がやって来た時のこと」

小夜は夜の神の争いに巻き込まれ、五十年前の火蔵御殿に送り込まれたことがある。その時の記憶を、鬼灯は思い出しているのだろう。

思わず鬼灯の手を握れば、小夜の存在を確かめるように、何度も強く握り返された。

鬼灯は貝殻をしげしげと眺める。

「どうやらこれは波の音ではなく、懐かしい音を聞かせてくれるものらしい。なんだか後ろ向きな気持ちになってしまう品だから、見舞いには向かんか」

小夜は蝶の耳に飛び込んでくる、貝の声に耳を澄ましました。

「いえ。……この貝殻は、自分こそ適任だと主張しています。私たちのような若造ではなく、もっと老練な人間の音を聞いてみたい、というようなことを言っています」

「変わった貝殻だな」

苦笑する鬼灯は、その貝殻を大事そうに懐にしまった。

＊

冷たい空気の流れる狭い部屋では、勇次郎と、数人の男たちが、冷めた茶を前に二時間以上も話し込んでいる。

勇次郎は年老いた冷泉家の男たちに、諄々《じゅんじゅん》と説いて聞かせる。

「ええ、ですから、小夜という娘を味方につけることで、私たち冷泉家はもっと強くなれるのです」

「その小夜というのは本当に強い巫なのか？」

「石戸家では使用人のように扱われていたと聞く。我らほどではないとはいえ、あの石戸家にいたのだ。その娘に巫としての才能があるならば、とっくに見出《みいだ》されていただろうよ」

冷泉家の末席に連なる、優れた巫にはなれないが家長である男たちは、勇次郎の策の穴を指摘するばかりで、代わりの案を出そうともしない。

だというのに、勇次郎の活躍にただ乗りして憚るところがない。勇次郎が経営している会社が利益を上げているおかげで、今日の繁栄があるということを、忘れてしまっているようだ。

いや、忘れてはいないだろう。勇次郎が次期当主となるためには、彼らの賛成が欠かせないということを加味すれば、勇次郎に媚《こ》びへつらう必要などない、と思っているだけだ。

その証拠に、勇次郎の目には、男たちの感情が腐った沼のような緑色に見える。侮り、傲慢、怠惰。それらを煮詰めた色だ。

伊吹は勇次郎の傍《そば》に座り、そんな男たちの顔をじっと見つめている。

「大体その娘に価値があるならば、さっさとさらうなり買うなりすれば良いだろう。火の神とて、一人の人間にそう執着はすまい」

「それができれば苦労しないのですが。火の神のお気に入りのようで、送り込んだ精霊は皆空手で帰ってきている状態です」

「だらしのない!」

吐き捨てるような男の言葉に、伊吹がぴくりと眉を動かした。その男の方をじっと見つめてやると、男は怯《おび》えたように視線を逸《そ》らした。

勇次郎の右腕、伊吹。ハナカマキリの精霊である彼、あるいは彼女は、気に食わない者の頭を即座に刎《は》ねてしまうことで有名だった。

「伊吹」

「はい、主様」

「睨むのはお止《や》め。それより何か、娘をかどわかすための策はないか」

「そうですねえ」

伊吹は宙を見つめ、それからゆっくりと言った。

「猩々《しょうじょう》どもにさらわせましょうか」

「……猩々、か」

「噂によると、娘と火の神を繋いだのは猩々だとか。ならば彼らの弱点も知っていましょう。金を握らせれば動く連中です」

「一理ある。穢れた連中だから、あまり関わりたくはなかったが、この際仕方がない」

勇次郎の言葉に、男たちが頷く。猩々ならば荒事も任せられるし、雑に扱っても問題ない。名案だ。

「さっさと娘をさらい、その価値を見定めよ。それ次第で私たちも動いてやる」

「はい。また進展がありましたら、ご報告させて頂きます」

「檜の神が我らの側についているのは良いが、まだ足りん。励めよ」

次々と『激励』の言葉を投げかけられて、勇次郎の笑みが深くなる。

男たちは退室し、部屋には勇次郎と伊吹だけが残った。

伊吹が、ぞっとするほど冷ややかな声で呟く。

「……本当に、恥というものを知らない男たち」

「そう言うな。僕が当主となったら、彼らなどすぐ処罰してしまえるのだから」

「それよりも先に伊吹が首を刎ねましょうか？　精霊のすることですもの、あまり責められないかと」

「お前の美しい鎌を、汚《きたな》い血でむやみに汚《よご》すことはないよ」

すると伊吹はにんまりと、嬉しそうに笑った。真珠色の髪に、喜びの朱色がぱちぱちと弾けるのが勇次郎には見える。

「ふふん。主様のそのお言葉に免じて、猩々への依頼は、伊吹が行って差し上げましょうか」

「いや、僕が行く。猩々たちが火の神に対してどんな立場なのか、知りたい。それに、直接声をかけたい娘もいるしな」

三千世界《さんぜんせかい》の最果て。

要するに掃きだめだ。世界のどこでもないところ、どこにも属すことを許されなかったところに、猩々たちは住んでいる。

だから勇次郎も伊吹も、口元を黒い布でぴったりと隠し、穢れを吸い込まないように気をつけている。布があってもなくても何も変わらないのだが、こうすることで、猩々たちとは異なる存在であることを主張している。

勇次郎たちを出迎えたのは、頭から立派な翼を生やした赤毛の女だった。

赤烏《せきう》と名乗った女は、粛々と部屋へ案内する。

竹でできた茶盆が持ち込まれたが、女が茶を淹《い》れようとする前に、伊吹が本題に入った。

「火の神の花嫁、小夜という娘をさらって来い。褒美は弾む」

「……それは、我ら猩々が、鬼灯様と小夜様を引き合わせたということをご存じの上で仰っているのでしょうか」

「猩々に通すべき義理などあるのか？」

「ございますとも。それに、今あのお二人は、宵町ではつとに有名なおしどり夫婦。夜の神との戦いを経て、その仲は一層深まっていらっしゃいます」

「妙だな猩々。その物言いは、我らの言葉を拒んでいるように聞こえる」

「難しいところでございます。私どもは、火の神様のお手元から花嫁を盗む術《すべ》を持ち合わせていないのですから」

「不可能、ということか」

伊吹が怒気を放つ。すると伊吹の周囲に三日月のごとき刃《やいば》がいくつも浮かび上がり、御簾《みす》をずたずたに切り落としてしまった。

だが赤鳥は微動だにしない。感情の色も全く変わっていなかった。

並《なみ》のあやかしであれば、怯えてすくみ上がってしまう伊吹の攻撃を、ただ平らかな心で見つめている。

「ここで私の首が飛ぶよりも、小夜様を奪われた鬼灯様を敵に回す方が、遥《はる》かに恐ろしいことなのですよ。――大変申し訳ございませんが、お断りいたします」

断固とした口調は、さしもの伊吹も文句をねじ込む隙がなかった。

赤鳥はさっさと立ち上がり、右手を振るう。と、廊下に続く御簾がさっと開き、すぐ近くに出口となる朱塗りの扉が現れた。

「お帰りはあちらでございます」

「……その前に。少し会いたい人間がいる」

今まで口をつぐんでいた勇次郎が立ち上がり、廊下に右手をかざした。すると朱塗りの扉が遠ざかり、代わりに何本もの廊下が現れる。

「勇次郎様……!?」

赤鳥が初めて焦ったような声を上げる。三千世界の空間を操る術を、簡単に上書きされるとは思わなかったのだ。

 赤鳥が追う素振りを見せるが、幾重もの扉に行く手を遮られてしまう。

 その隙に、勇次郎はさっさと廊下を進む。その先に目指す人物がいるはずだった。

伊吹は得意げな顔で勇次郎の後を付いて行く。

「猩々の術を易々と書き換えてしまえるなんて、さすが主様」

「とはいえ、すぐに元通りに直されてしまうだろう。急ぐぞ、伊吹」

伊吹はいそいそと主の後を追ったが、行き先がただの水場——洗濯場であることに気づき、首を傾げた。

「主様。会いたい人間とはどのような?」

「そら、あそこにいるだろう」

髪を後ろにひっつめ、たらいの前に屈《かが》みこんで、せっせと腕を動かしている娘がいた。

勇次郎はその背後に足音もなく近づいたつもりだったが、娘は顔を上げ、さっと振り向いた。

美しい娘だった。だが、疲れが目に滲《にじ》んでいる。

勇次郎はぱっと人懐っこい笑みを浮かべた。

「こんにちは、石戸桜《さくら》さん」

桜は己の名を知る人間を凝視し、低い声で尋ねた。

「人間がどうしてここにいるの」

「おや、三千世界で唯一、人間としてここで働いている君が、妙なことを仰るものだ」

桜は勇次郎を睨みつけた。その不躾な眼差しに、伊吹が怒りを露《あら》わにする。

「おい。その反抗的な目はなんだ。主様がわざわざお前に会いに来たというのに」

「会いに来た？」

「ああ。僕は君に、復讐《ふくしゅう》の機会を差し上げようと思ってきたんだよ」

桜は石戸家の後妻の娘だ。小夜を虐《いじ》め、家から追い出した挙句、火の神の花嫁という立場を奪おうとしたが、失敗に終わり、今は猩々の元で預かりの身となっている。

勇次郎の申し出に、桜はうんざりしたような顔になった。

「はいはい、小夜絡みのことでしょう。私は何もしないわよ」

「せっかく彼女の幸せを奪うことができるのに？　話だけでも聞かないのか」

「どうせ小夜をさらうとか殺すとかいう話でしょう。断るのだから聞くだけ無駄」

「さほど難しくはないのだが」

「難しくはない？　馬鹿言わないで。火の神に敵対した私たちの末路を知ってるでしょ？　お母様は巫として再起不能になったし、お父様は飲んだくれ」

「そして君はここで、猩々どもの下着を洗っている。何と見事な凋落《ちょうらく》ぶりだ！　僕の申し出は、ここから這い上がる絶好の機会なんだぞ。また正絹《しょうけん》の振袖をその身に纏いたくはないか」

するとと桜はふっと嘲笑を浮かべた。伊吹が睨みつけるのにも動じない。

「読めてるわよ。最初は猩々に、小夜をさらうか殺すよう頼んだ。でも断られたから、きっと鬱憤が溜《た》まってるであろう私のところに来たのよね？　──冗談じゃないわ」

立ち上がった桜は、みすぼらしい格好をし、化粧も施していない。以前の可憐なお嬢様とは似ても似つかない凋落ぶりであるにも拘《かか》わらず、その苛烈な瞳だけで、勇次郎と伊吹に対峙している。

燃える炎のような感情の色は、静かな怒りを示していた。

「私は確かにここで下働きをしてるわ。だけどここはね、自分の務めを怠れば侮られ、果たせば認められる。今風に言えば、とても公平《フェア》な世界なの。それに、猩々のところには色々な情報や技術が集まって来て、なかなか面白いのよ」

ふっと笑う桜は、振袖の袖を揺らすような仕草をした。

「確かにもう一度綺麗な着物を着たいわ。宝石だって欲しいし、美味《おい》しいものを食べに行きたい。だけどそれは自力で叶《かな》えるの」

「ここで猩々の下働きをしているようじゃ、百年かかっても宝石など身に着けられるとは思えないけどね」

桜は答えず、代わりに甘えるような声を出した。

「ねえ、私あなたのこと知ってるわ、冷泉勇次郎さん」

「ほう？　石戸家の元お嬢様に知って頂けていたとは、光栄光栄」

桜は優雅な笑みを浮かべた。その瞬間だけ、往時の気品と美しさが蘇《よみがえ》る。

しかしそれは一瞬のこと、すぐに獰猛《どうもう》な表情に変わった。

「一見すると柔和で人当たりがいいけれど、そのお腹《なか》は真っ黒け。人を人とも思わず、精霊やあやかしは使い捨ての駒として扱う。勝っている間はそれで良いのでしょうけれど……。一度こてんぱんにやられた身としては、そういうのって、とても危なっかしく見えるのよね」

「ごらん伊吹、正《まさ》しく負け犬の遠吠《とおぼ》えだ。そうお目にかかれるものではないぞ」

「そうよ。でもね、負け犬には負け犬の矜持《きょうじ》があるの。私はもう失うものなんてない、だからこそあなたたちの使い捨ての駒にはなってやらない。ごめんあそばせ」

そう言うと、桜は屈みこんで洗濯を再開した。勇次郎たちには見向きもしない。

無防備な背中を睨みつけ、伊吹は呟いた。

「殺しますか？」

「いや、気が変わるかもしれないからやめておこう。それでは失礼するよ」

勇次郎は桜の元を去る。

「意外だな。下働きなどしたことがないご令嬢が、あんな意地を張るとはね」

「主様のお申し出が二度とない破格のものであることに気づくには、おつむが足りなかったのでしょう」

「まあ、一度敵対した人間がもう一度近づけば、火の神たちも警戒するか。仕方がない、奥の手を使おう」

主の言葉に、伊吹がおもちゃを見つけた猫のような顔になる。

「何ですか主様、奥の手なんてものがあったんですか。早く言って下さいよ」

「この屋敷にいるかどうか。この契約書を使って確かめるか」

勇次郎が懐から取り出したのは、うぐいす色の紙で裏打ちがされた巻物だった。古風ですねと伊吹が呟いたのも束《つか》の間《ま》、その巻物が微かに震え、勇次郎に何かを伝える。

勇次郎は迷いなく歩き出した。猩々たちの住む屋敷は、勇次郎の前に易々と道を開ける。腹をさらした犬のようだと伊吹は思った。

やがて真っすぐな廊下の向こうに、渋面を嘘《うそ》くさい笑みで糊塗《こと》した、一体の猩々が現れる。書生風のいで立ちをした、鳴海《なるみ》だ。

「御用ですか、冷泉家のお方」

「ああ。火の神の花嫁である小夜を、冷泉家に連れてきてもらいたい」

鳴海は遠慮なく顔をしかめた。

「それは既に赤鳥にお話しされたのですよね？」

「臆病なことに、さっさと断られてしまったのでな。お前が預かっている桜という人間にも当たってみたが、やる気はないとの仰せだ」

「桜にまでお声を掛けられるとは、さすがに周到ですね」

嫌みっぽく言う鳴海に、伊吹がチッと舌打ちをして不愉快であると伝える。

だが鳴海は怯《ひる》まない。

「火の神様は大事なお得意様です。そのお方の不興を買うわけには参りません」

「猩々どもはそうだろう。だがお前は違うな、鳴海」

言うなり勇次郎は巻物をさっと広げ、鳴海の前に放り出した。苦虫を嚙み潰したような顔で巻物を見下ろす鳴海は、両の拳を強く握りしめている。

そこには鳴海の名と、冷泉浩一郎の名が書かれていた。契約書だ。

「ここに書かれているお名前とあなたのお名前は違います」

「だが同じ冷泉家の人間だ。契約者の血族であれば、代わりに履行することが可能だ。猩々と巫が交わす契約書には、そんな条件が含まれていることくらい、お前も重々承知の上だろう」

契約書。そこには、猩々である鳴海が、冷泉浩一郎に恩があるため、一度だけ何でも言うことを聞くというようなことが書かれてある。

兄である浩一郎への恩を自分に返せ、自分の言うことを聞け、と勇次郎は言っているのだ。

勇次郎の主張は契約書に則《のっと》ったものなので、鳴海に反抗の余地はない。

だが、鳴海は苦々しい表情のまま、吐きだすように言う。

「嫌です」

「猩々だろう、お前？　言うことを聞く以外の道はないんだよ」

少し驚いたように勇次郎が言う。猩々たちは、上から押しつければ何だって言うことを聞く生き物だ。そうしてこそそこと、三千世界などという場所で生きている。

それが、珍しいことに反抗している。

苦悶《くもん》の灰色が、鳴海の背後から立ち上っている。微かに怒りの赤まで見えるのだから、怒りよりも驚きが勝《まさ》った。

「主様の命令に逆らえると思っているのか、お前？　思っていたより阿呆《あほう》なんだな」

吐き捨てるように言った伊吹の背後に、またしても猫の爪のような刃がいくつも現れる。それで身を切り刻まれ、命を落としたあやかしは数知れない。

鳴海はごくりと唾を飲み込んだ。否と言えばあの刃に刻まれる。しかし頷いても、火の神である鬼灯に焼かれる。

どちらに進んでも地獄。

鳴海が己の運命を呪った、その時だった。

「勇次郎よ。その巻物に書かれているのは俺の名じゃないか？」

俊敏な肉食獣のように勇次郎が振り返る。

そこに立っていたのは、海軍の白い制服に身を包んだ、長身の男だった。年の頃は三十代後半ほどだろうか、綺麗に鋏《はさみ》の入った髭《ひげ》と短髪がこざっぱりとした印象を与える。

鍛え上げられた肉体が軍服越しにもよく分かる。全身から気迫を放っているのにも拘わらず、目元はあくまで少年のようにあどけない、稀有《けう》な均衡を保っている男だった。

「兄上……!?　珍しい場所でお会いするものです。なぜこんな場所に」

「尋ねびとがいてな。お前こそ、猩々たちのことを忌避していたじゃないか」

勇次郎は答えず、慇懃《いんぎん》に頭を下げた。

「そんなことより、ずいぶんお久しぶりでございますね」

「五年ほど家を空けたか？　時折帰っていたとはいえ、随分長く赴任していたものだ。

……そんなことよりも、その巻物は俺のものだろう。俺とその猩々の間で交わした契約書だ」

勇次郎の兄、浩一郎は、被っていた帽子を脱いだ。そうしてきろりと勇次郎をねめつける。

「勝手に持ち出すな」

「しかしこの契約書自体は、僕が履行しても問題ないものですよ」

「契約書上問題がなくても、他人のものを勝手に使うなと言うんだ。これを使おうと思って、冷泉家の臭い蔵に半日もこもって捜していたんだぞ」

ぼやきながら浩一郎は、手を差し出す。勇次郎は少し迷ったが、契約書を渡した。

その隙に浩一郎の感情を確認するが、全く揺らいでいる様子がない。面倒くさい、といった薄茶色の感情がぼんやりと漂っているくらいだ。

「ほら、用事が済んだのなら、伊吹を連れてとっとと帰れ」

「……用事はまだ済んでいないのですがね。まあいいでしょう、ここは久しぶりに会う兄上に免じて退散しましょうか」

細めた目に剣呑《けんのん》な光を宿し、勇次郎は呟くと、納得していない様子の伊吹を引き連れて、廊下を戻って行った。

浩一郎はその後ろ姿が曲がり角の向こうに消えるまで睨みつけていたが、ややあって鳴海に向き直った。

鳴海は呆然《ぼうぜん》としていたが、すぐに我に返って、にこりと愛想の良い笑みを浮かべる。

「浩一郎様。お久しぶりでございます。前回……半年ほど前でしょうか。その折は、危ういところを助けて頂きまして、誠にありがとうございました」

「ああ、構わん。アメリカからやって来た人狼どもの抗争など、突然やってきた災害のようなものだろう」

「そう仰って頂けると、あの時の無様な自分がいくらか慰められるような気がいたしますよ。ここへいらしたということは、この契約書の履行にやって来られたのですか」

当然だ、と浩一郎は頷いて、巻物をずいと差し出すと、思いもかけないことを依頼した。

三章　鑑定士の日記

俊太郎の濁った瞳は、美しい男神に抱えられて空中から降りてくる、一人の娘を捉える。

丁寧に編まれた髪がふわりとなびき、着物の裾が可憐に翻る。身にまとっているものの全てが、娘を守ろうとしているようだ、と老爺《ろうや》は思った。

にわとこの咲く庭に立った娘は、俊太郎を見ると静かに頭を下げた。

「お久しぶりです。おじい様」

「……小夜、か」

俊太郎の声は掠れて痛々しい。小夜はおずおずと縁側に近寄る。

「上がりなさい。そちらの、火の神様も、どうぞお上がり下さいませ」

二人が縁側から静かに部屋に入って来る。その気配は驚くほど静かだ。

乱暴者として知られていた火の神は、部屋の隅に積まれていた座布団を見つけると引っ張ってきて、上体を起こしている俊太郎の枕元に置いた。そうして小夜をかいがいしく座らせる。

その健気な姿に、俊太郎は思わず口元を綻ばせる。

「何だ、爺《じじい》」

「なに、火の神様は花嫁を甘やかすのがお好きなようで。お顔が笑っていらっしゃる」

「奉仕する喜びというものを、小夜から教えてもらったものでな」

ふっと笑った鬼灯は、小夜の横に座った。席を外す気はないらしい。

小夜は祖父の顔を見つめた。歳月が祖父の顔に深い皺を刻んだようだが、その目はまだ生気を失ってはいなかった。

「お体はいかがでしょうか」

「ふ。長年巫として務めるとこうなる。気が体内から抜け落ちていく一方で、渡世のために記憶や臓腑《ぞうふ》を神に捧《ささ》げることもあるから、自然、がらんどうになる。そこに病魔が巣くうのよ」

「そんな……。お痛みはあるのですか」

「痛まぬところなどない。だからもう気にしてくれるな」

小夜は憂い顔で俊太郎の顔を見やった。そうして、手にした小箱を、そっと俊太郎の膝の上に置く。

「これがお心を慰めてくれると良いのですが」

俊太郎は朱塗りの軽い小箱を開けた。中には白い貝殻が入っている。

手のひらに収まる程度のそれは、表面がでこぼこしていて、新鮮な感触がした。そう言えばもう一か月以上、庭にも出ていないことに俊太郎は気づいた。

「お耳に当ててみて下さい」

一瞬戸惑う俊太郎を見、鬼灯がその手からぱっと貝殻を取り上げた。そうして自分の耳に当ててみせる。

「お前を害するものではない。大丈夫だ」

そう言って貝殻を手の中に戻され、俊太郎は苦笑した。

「お気遣い頂きまして。孫とその伴侶を疑うつもりはなかったのですが」

「疑うのが習い性になっているのだろう。巫の名家の、当主ともあれば当然のことだ。だが心配はいらない。耳に当ててみろ」

火の神は優しく言った。俊太郎は言われるがままに貝殻を耳に当てる。

ざあっと風が吹き抜ける音がする。ちゃぷちゃぷと水が揺れる音、その水を跳ねさせて走る音が聞こえ、俊太郎は目を見張った。

それは遠い日の記憶。まだ子どもたちが小さかった頃、家族総出で海に出かけた時の。

浩一郎は一人で黙々と泳ぎ、勇次郎と杏樹は浜辺で鬼ごっこをしていた。三人の母親である俊太郎の妻は、子どもたちのためにと握ったおにぎりを、真っ先に頬張っていた。

おにぎりを包んでいた竹の皮を、心持ち焦って開ける音が聞こえて、俊太郎は思わず口元を押さえた。いそいそと皮を開ける妻の顔が目に浮かぶようだった。

「そうか、これは『子守貝』ですか。懐かしい音を聞かせてくれます」

「そのような名前があったのですね。初めて知りました」

俊太郎は掠れた声で小夜に説明してやる。

「子どもの耳に当てても、ただ眠気を誘う音が聞こえてくるだけだから『子守貝』と呼ぶようになったのだ。――子どもは、懐かしむほどの昔を持たない存在だからな」

貝を箱に収めた俊太郎は、鬼灯に笑いかけた。

「心づくしの見舞いの品ですね。火の神様の手になるものでしょうか？　貝の質感はそのままに、怪我《けが》をしないよう、貝の突起は注意深く削られている。病人の目を楽しませるために、表面に七宝《しっぽう》のような輝きを薄く施しているが、ささやかで品が良い」

「そこまでこちらの意図を汲《く》んでくれると、作ったかいがあったというものだ」

嬉しそうな火の神の言葉に、俊太郎は頷いて、部屋を見回した。

恐らく見舞いの品だろう。蘭《らん》の花や重たそうな革張りの書籍、甘味と思しき小箱や、開けられていない大きな包みなどが所狭しと並べられている。花はいっそ下品なほど香っていた。

「店の中で最も高く、見栄えがするものを選んできたようでしょう？　私とほとんど会ったことのない孫と火の神様が、このような品を持ってきてくれたのにも拘わらず、近しい人間ほど、見舞いと称して欲しくもない品を押しつけてくるのです」

　肩を丸めた俊太郎はため息をついた。

「自業自得だと分かってはいます。権力のただなかにいる者ほど独りで、そうあるべきだと信じていますが、それでもなお、この孤独は老骨に応《こた》える」

「孤独は、慣れるものではないからな」

　鬼灯の言葉に頷いて、俊太郎は小夜に向き直った。

「お前は既に火の神様のものだ。だがその身には、冷泉家の血が流れている。――ゆえに、冷泉家の人間は、お前を取り込もうと躍起になるだろう。跡目争いから一歩抜きん出るために」

「他に候補となっているのはどなたなのですか」

　俊太郎は三人の名を挙げたが、いずれも小夜の知らない人間だった。

「あの、浩一郎伯父様はどうなさったのでしょう？　普通であれば、おじい様の長男である浩一郎伯父様が、一番の候補になると思うのですが」

「浩一郎は海軍に入隊する際に、冷泉家を継がないと明言し、血判つきの宣誓書を書きもした。とはいえ他の連中は、その言葉を全く信じていないようで、あれが戻ってきたらどうしようと怯えているようだがな」

俊太郎は苦虫を噛み潰したような顔で続ける。

「一人くらい軍に顔が利く人間がいても良いかと思い、海軍に送り込んだが……。水が合いすぎてしまったらしい。冷泉家に戻ってきたのはここ十数年でも数えるほどよ」

そう言えば、と俊太郎は呟く。

「杏樹の葬式にも、あいつは出られなかったな。杏樹とお前をたいそう可愛がっていたのに」

「お母様の、お葬式」

「杏樹は……。あれには、本当にすまないことをした。私たちのどうしようもない考えに、あの子の人生を巻き込んでしまった。こんなはずではなかったのに」

「おじい様、それはどういう意味ですか」

俊太郎は何か言いかけたが、次の瞬間激しく咳《せ》き込んだ。前かがみになり、口から臓腑が飛び出してしまうのではないかと思うくらいの咳《せき》を繰り返す。

寝具に大量の血が迸《ほとばし》った。

「おじい様！」

「小夜、家の人間が来る。見つかると説明が面倒だぞ」

「ですが」

「行きなさい……！　私には、構うな」

脂汗を浮かべながら、俊太郎は鬼灯に目配せする。鬼灯はさっと小夜を抱きかかえると、来た時と同じように庭に下りた。

「おじい様」

「来てくれたこと、感謝する」

咳の合間に息も絶え絶えそう述べた俊太郎に、どうにか頭を下げる小夜。

顔を上げた時にはもう、鬼灯の術で、冷泉家の外に出ていた。

うららかな日差しの中で、小夜はしきりに背伸びをして、塀の向こうの冷泉家を窺《うかが》おうとしていた。鬼灯はそんな彼女の頭に、ぽんと手を置く。

「見舞いの目的は達せられた。帰ろう」

「……おじい様、だいぶお体が悪そうでした」

「ああ。長くはないだろう。治療を施すことのできる神を探してもいいし、扇《おうぎ》に治療方法を聞いても良いが、あまり意味はないだろうな」

「寿命でしょうか」

「恐らくは」

小夜は胸元でそっと両手を握りしめる。

「お母様に、すまないことをしたと仰っていました」

「……」

「どんなことをしたのでしょう？　お母様はどうして……。そもそも、お母様のお葬式に、冷泉家の人々がほとんど来なかったのは、なぜなのでしょう。お母様と住んでいた時、石戸家には定期的に冷泉家の方が訪れていたのに」

それに、と小夜は目を伏せる。

「勇次郎伯父様のもとを去る時に、あの方が仰っていたのです。お母様の秘密を知りたくはないか、と――。それがどんなものなのかというのも気にかかります。伯父様が私の気を引くために言った嘘かもしれませんが」

鬼灯は何かを見通そうとするかのように、目を細めている。

「少し調べる必要があるな。冷泉家は巫の名家だから、情報も多かろう」

心配するなと言って、鬼灯は小夜の頭を撫でた。

「お前の母に関する情報を集めよう」

「鬼灯様……。ありがとうございます」

「気にするな。あの老人の前でも言ったがな、花嫁のために奔走するのは、なかなかどうして楽しいものだぞ」

「それだけではありません。このお見舞いのことも、感謝しています」

「俺は何もしていないぞ。見舞いの『子守貝』、あれもさほど手を加えていないし」

「怒らないでいて下さったでしょう。石戸家で私が受けていた仕打ちを察知していたのにも拘わらず、どうにかしようとしなかったことを」

「いや、腸《はらわた》が煮えくり返るほどだぞ？　だがお前が怒らないのに、俺が怒っても仕方があるまい。しかも死期の近い老人相手に」

鬼灯はのんびりと言う。

「しかしさすがのお前も少しは腹が立っているだろう。冷泉家がお前の存在を今まで知らなかったわけではない。お前が受けた仕打ちを知ってなお、連中は傍観していたのだ。そのくせ、今になって冷泉家の一員のように扱ってくる」

「そうですね、調子が良いなとは思いますが……」

もやもやした気持ちはあるが、怒りという形を取っているわけではない。ただ、嫌だなと思うだけだ。

小夜は母から色んなことを教わったが、怒りは教わらなかった。杏樹はいつも微笑み、そして何かがあると、怒りよりも悲しみの方が勝るような女性だった。

「怒れないわけではないのだろう。俺を悪く言った勇次郎に対して、堂々と自分の考えを述べていたしな」

「そうですね。鬼灯様や牡丹のように、私の好きな人たちが侮られるようなことがあれば、声を上げて反論しなければならないことは分かっているのです」

「自分ではなく、他人のために、か。お前らしいな」

鬼灯は、まだぎゅっと握りしめている小夜の手をほどき、自分の手で包み込んだ。

幕間

人狼という生き物は、狼の習性にとても近いところがある。群れを作り、なわばりを重視する。そして、なわばりを荒らす者に対しては容赦ない。

ゆえに鳴海は困り果てていた。

「さて、どうしたものか……。この森は俺たち猩々の持ち物だ、と言っても聞く耳を持ちやしないんだから」

暗闇に沈む森の中を駆ける鳴海は、背後から追跡してくる人狼の気配を数えた。五つ。鋭い牙と爪を持ち、俊敏な獣が五体というのは、少々荷が重かった。

鳴海は仲間から、猩々が所有する森が、海の向こうからやって来たあやかしに占拠されている、という報告を受けて乗り出していた。

様子を見るつもりだったのだが、人狼たちは鳴海に対してひどく攻撃的だった。

その攻撃性を、鳴海は理解できた。きっと彼らはずっと迫害され続けてきたのだ。やっと得た安寧の地を、必死に守ろうとしているに違いない。

しかしそれは猩々とて同じこと。

この森から取れる山の幸や、質の良い竹は、猩々たちの現金収入に大いに貢献していた。同情だけでくれてやれるものではないのだ。

鳴海を追う五つの気配が、左右に散った。かと思うと、鳴海の走る方向を狭めるように、じりじりと距離を詰めてくるのが分かった。

「俺も引くわけにはいかないが、このままでは狩られてしまいそうだな」

呟いた鳴海は、普段は隠している尾を出す。術を使ってこの場を逃れようと思った瞬間だった。

目の前に一頭の人狼が現れる。上から飛び降りてきた。恐らく樹上に身を隠していたのだろう。

「チッ」

鳴海は咄嗟《とっさ》に右に飛んで、人狼の爪の攻撃を避ける。だが弾みで体勢を崩し、そのまま人狼に体当たりされて地面に転んだ。

すかさずのしかかってきた人狼がその顎を大きく開く。鋭い牙が襲ってくるのを間一髪のところで避けたが、滴る唾液をもろに顔面に受けた鳴海は、しゃあっと威嚇音を立てる。

鳴海の右腕が赤い毛に覆われ、熊のように肥大する。そのまま人狼を横殴りに吹っ飛ばすと、急いで立ち上がった。

だがその間に群れに追いつかれたようだ。五人の人狼は、既に視認できるところまでやって来て、鳴海を取り囲んでいた。

いずれも陰火のような目をし、その口から病んだにおいをぷんぷんさせていた。あの大きな顎に捕まったら最後だろう。動きを止められ、他の人狼たちに嚙みつかれておしまいだ。

右腕だけでなく、全身を変化《へんげ》させればどうにか、と鳴海が考えたその時だった。一頭の人狼が、突然引き絞るような悲鳴を上げて倒れた。かと思うと、もう一頭もぐぎゃあと鳴いて動かなくなった。

「何だ？　一体何が起きてるんだ？」

闇夜に白刃がひらめいた。

背の高い男が刀を振るっている。月のない夜だというのに、その刀が美しく軌跡を描いて人狼の命を刈り取っているのがよく分かった。

「動くなよ」

男は鳴海にそう言うと、鳴海の背後に忍び寄っていた人狼の口目がけて刺突する。

自分を狙ったものではない、と頭では分かっていても、強烈な殺意を体の正面に受けた鳴海は、一瞬息を止めてしまっていた。

息を止める、ということは体の動きを止めることにも等しい。戦いの場で、鳴海のように大した戦闘力を持たない者が立ち止まってしまえば、死は必定。

冷や汗が鳴海の背筋を伝う。

男は何度か刀を振るっただけで、人狼たちを沈黙させてしまった。夜陰に漂う血の匂いは、妙なえぐみを鳴海の鼻の奥に残した。

白い制服のようなものを身に着けた男は、冷静な目で周囲を窺った。清浄とまではいかないが、血の穢れを帯びてなお、快い気を持っている。

「病気を持っているんだ」

「えっ？」

「この人狼たち。アメリカから密航してこの地にやって来たのだが、人が噛まれると錯乱して死に至る病を持っている。ゆえに、殺さねばならなかった」

男は淡々と言うと、鳴海を見やった。

「その赤毛、猩々か。久しぶりに見たな」

「我らの存在をご存じで。ということは、巫にゆかりのあるお方でしょうか」

「ああ。もっとも俺にはその方面の才はないが、戦闘向きの異能を持っている」

言うなり男は背後に刀を振るった。

音もなく忍び寄っていた人狼が、どさりと地面に倒れた。奇襲にも男は全く動じる様子がない。

「俺は少し先の未来が見える、という異能を持っている。野外の乱戦ではとりわけ役立つ力だろう？」

「簡単に異能を明かして良いのですか。僕は猩々ですよ」

「だから何だ？　ああ、もしここから脱出するなら、道を作ってやるぞ」

渡りに船の申し出だが、鳴海は侮るなという気持ちになった。

「この森は僕ら猩々のものですよ。人狼を追い出すまでは帰れません」

「おお、そうだったか。ならば人狼が隠れられそうな場所を教えてくれ。徹底的にやらねば双方にとって不幸だからな」

「双方？　人狼にとっては、皆殺しを免れることは幸運なのでは」

「この森にいる連中は皆、アメリカからやって来た一つの群れの仲間なんだ。たった一頭だけ生き残るなど――」

「恥辱ですね」

「いや。寂しいだろう」

鳴海は男の顔をしげしげと見た。寂しいなどという、なよなよとした言葉を発するような男には見えないのに。

「異国の地で、病に冒された身で、仲間の死体に囲まれて、自分だけ生きていることを知るなど、俺はごめんだ。寂しいし辛いだろう」

やろうとしていることは群れ一つを滅ぼすこと、要するに皆殺しだ。そうでなければ寂しい、という心と上手くつり合いが取れていない行動だったが、その不均衡がなぜか鳴海の心を惹《ひ》いた。

思い切りが良くて、おかしな行動規範で動いている。それはどこか神を彷彿《ほうふつ》とさせる自由な姿だった。

男はふと口をつぐみ、微かに聞こえる遠吠えに耳を澄ました。

「上の話じゃ、人狼は三十五頭いるらしいが、この調子ではもっといるだろうな。さて猩々よ、案内を頼めるか」

「僕の名は鳴海です。人間は夜目が利かないでしょうから、僕の先導にちゃんと従って下さいよ」

鳴海の言葉に、男は歯を見せて笑った。

「ありがたい。俺の名は冷泉浩一郎。今宵《こよい》の背中はお前に預けた。頼んだぞ、鳴海！」

そうして夜が明ける頃、鳴海は人狼たちから森を取り戻した。

いつの間にやって来ていたのか、浩一郎と同じ白い制服を身に着けた男たちが、人狼の死体を一か所に集めている。いずれも急所を一撃でやられており、浩一郎の腕の確かさが窺えた。

明るいところで見ると、浩一郎の気がより一層強く感じられた。涼やかで、跳躍する前の獅子《しし》にも似た気迫がある。

一晩浩一郎と行動を共にした鳴海は、彼の判断の速さと腕の確かさに感心していた。彼がいなければ、人狼にこの森を奪われていたところだった。

「浩一郎様は海軍に所属されているのですね」

「ああ。ずっと海外にいたが、最近戻ってきたところだ」

「道理で。あなたのような方が巫にいたら、猩々が把握していないわけがない」

そう言った鳴海は、考え込むように俯いて、顔を上げた。

「ご恩をお返ししなければなりません」

「そんな大層なものではない。どのみち人狼は殺さねばならなかったのだし、お前も捜すのを手伝ってくれただろ？」

「いえ、あなたの貢献の方が遥かに大きい。それにこの森は、我ら猩々にとっては欠かせない大切な所有物なのです。僕は、人狼たちを追い払うためなら、腕の一本くらいは失うだろうと覚悟していましたが――この通り、ほとんど無傷で朝を迎えられました」

鳴海が危うい目にあったのは、一度や二度のことではない。そのたびに浩一郎に助けられたのだ。

猩々など、守る価値がないと思う巫や神々は多い。その中で、浩一郎が守ってくれたことは、鳴海にとっては意外なことだった。

それ以上に、嬉しかった。だから、恩を返したかった。

鳴海の言葉に、浩一郎は少し迷ったようだったが、

「もらえるものはもらっておくか。恩返し、期待しているぞ」

「契約書を作成します」

鳴海は懐から巻物状の白紙契約書を出すと、術で広げて、端に自分の名を書いた。

猩々がよく使用する契約書の一つで、猩々の命を奪うような内容は無効、契約書の有効期限は百年、などといった汎用的な条項が書かれている。

浩一郎はそれにざっと目を通していたが、

「この契約書によると、俺以外の冷泉家の人間にも恩を返すことができるんだな」

「慣習でそうなっています。お望みであれば条項を消しますが」

「まあ、これでいいか。書き換えるのも面倒だろう」

そう言って浩一郎は、契約書の末尾に自分の名を記した。

双方の名が入った契約書は、勝手にするすると閉じられて、紫色の紐《ひも》で封された。

それが空中で二つに複写され、片方が浩一郎の手に収まる。

うぐいす色の布地で裏打ちされたそれを、浩一郎はしげしげと見つめている。

「猩々にできることであれば何でも対応します。いつでもご連絡下さい」

「分かった。……お前のおかげで、上司に良い報告ができる。感謝するよ」

「それはこちらもそうです。本当にありがとうございました」

浩一郎はふっと笑って、部下たちの元へ去ってゆく。鳴海はその後ろ姿を見送ってから、木々の間に姿を消した。

＊

情報を得るならば、下手に火蔵を探すより、他者に頼んだ方が良い。

その考えのもと、鬼灯と小夜は、本の神である扇の元を訪ねていた。

「私、扇様のお屋敷にお邪魔するのは初めてです」

「かび臭いぞ。それに、乱雑ぶりは火蔵御殿といい勝負だ」

「それはさすがにないのでは……」

小夜が来るまでの火蔵御殿は、乱雑の限りを極め、ひどい有様だった。まさか同じ乱雑ぶりを呈している神が、太歳界に二柱もいるわけがないだろう。

――と、思っていたのだが。

「あらまあ、まあ」

恐らく大きなお屋敷なのだろう、けれど廊下の両脇にずらりと並べられた棚や、あちこちに設置された大きな書見台のせいで、全く広さを感じない。

薄暗いし、かび臭い。空気がこもっているのがよく分かる。

「あ、火の神様！　窓から入って下さいと申し上げたではありませんか」

ぷりぷり怒りながらやって来たのは入江《いりえ》。扇の巫である。

「どうして客人を窓から通す」

「そこしか空いている場所がないからですよ！　全く扇様ときたら『本はそのうち積んでおくだけで病に効くようになる』なんて言って、まだ読んでない本が山ほどあるにも拘わらず、バカスカ買ってくるんですから！　しかも本の子も大繁殖！　せっかく知恵の神様がいらしてるっていうのに」

「知恵の神様がお見えになっているのですか！」

小夜は、夜の神に五十年前に飛ばされた際に、その時代の知恵の神と会っている。

再会に胸をときめかせながら、本の山を猫のようにすり抜けて、どうにか客間に辿《たど》り着くと、そこには豪奢《ごうしゃ》な応接ソファと。

その上にちんまりと腰掛けた、童女の姿があった。

「おやおや。火の神とその花嫁じゃないか。久しいねェ」

ひな人形のように小さな顔に、くりくりとよく動く大きな瞳。赤と桃色の振袖がよく似合っている。

幼子らしからぬ鋭い眼差しに、小夜は目を瞬かせ、それから慌てて頭《こうべ》を垂れた。

「お久しぶりでございます、知恵の神様」

「あはは、驚いた顔をしているねェ。あたしがここにいるのがそんなに変かい？」

「滅相もございません！　ただ、私が存じ上げている知恵の神様は、大人の女性だったものですから」

「あたしとあんたが以前に会ったのは、五十年前の話ゆえなァ。五十年も経てば、体の一つも縮もうってもんさ」

「お母様。人間にはその理屈は通じないよ。彼らは大きくなったら滅多なことでは縮まない生き物だろう」

やって来た扇は、苦笑しながら童女の前に白磁のカップを置いた。カップの中にはとろりとした黒い液体がなみなみと注《そそ》がれており、何やら甘く良い香りが漂っている。

知恵の神は、華奢《きゃしゃ》な取っ手をつまみ上げ、優雅に口をつけた。途端に表情がほどけ、とろけた猫のように目元を綻ばせる。

「ショコラだよ。がつんとくる甘さで、最近のお母様のお気に入りさ。お嬢さんと鬼灯にも持ってきたから、試しに飲んでみな」

小夜と鬼灯は、知恵の神の向かいにあるソファに腰掛けた。同じ華奢なカップで出された黒い液体に、ちびりと口をつけてみる。

今まで味わったことのない濃さ、そして甘さが小夜を襲う。

「甘くて美味しいです……！　目が覚めるような気がします」

「喉は渇くがな」

鬼灯の言葉に、すかさず入江が水の入った茶碗《ちゃわん》を差し出してくる。小夜はそれで喉を潤しながら、知恵の神に尋ねた。

「知恵の神様が幼子の姿になられているのは、どうしてなのでしょうか」

「代替わりをするからさ。あたしの権能をこの子に譲る」

「おっ、じゃあついにお前も年貢の納め時だな」

どこか嬉しそうに鬼灯が言うのに対して、扇はげんなりとした顔をしている。

「俺はまだ諦めていないからな。お母様、いつ気が変わっても良いんですからね」

「変わる気はないねェ。お前にさっさと知恵の神の座を譲って、あたしは悠々自適の生活に入らせて頂くよ」

くつくつと悪戯っぽく笑った知恵の神は、それで、と鬼灯たちを見やった。

「扇のところに来るってこたァ、調べ物か何かだろ？　今度はどんな事件に巻き込まれてるんだい、お二方」

「まるで私たちがいつも世間を騒がせているような言い方ですね」

鬼灯は苦笑すると、扇に向き直った。

「冷泉家について調べたい。小夜の母親である杏樹という人が、その家の長女として生まれている」

「お嬢さんの実家のようなものか」

「実家というほど、交流があったわけではないのですが……」

小夜は、冷泉勇次郎に接触されていることを扇に話した。

するとと扇はにやりと笑い、

「ということは、勇次郎はまだ次期当主としては、候補の一人でしかないということか。そうでなければお嬢さんを取り込もうとしないだろうから」

「勇次郎にとって小夜は、一つの奥の手というわけだな」

「火の神の花嫁、清めの力とくれば、どんな犠牲を払ってでも手に入れ、自分の力としたいだろうな。檜の神が次期当主としてやけに勇次郎を推していたが、実際のところはどうなんでしょうね」

「あの人間は、今の当主とは器が違う。せいぜいが当主補佐だろうよ」

きっぱりと言い放った知恵の神は、けれど困ったように首を傾げて呟く。

「だが他に当主の器たる人間がいるかと言われると、いないのが難しいところさね」

「さっさと決めてくれないとこちらも迷惑するのですがね。冷泉家は巫の名家ですから、あそこの挙動次第では神々の力関係も微妙に変動する」

小夜は、冷泉家が神にも影響を与えうる存在であることを知り、驚いた。その跡取りともなれば、相当な権力を持つのだろう。

「私、お母様のご実家がそこまで強い力を持っているなんて、知りませんでした」

「冷泉家は巫としての経験が豊富で、そつがなく、間違いがない家だ。ただ俺としては、油断していると寝首をかかれそうだという印象があるけどね」

扇の言葉に知恵の神も頷く。

「あれは神をただ敬っているだけではない。隙あらばこちらを利用してやろうという野心がある。あたしはそういう人間が嫌いじゃないが、少数派かもねェ」

「なぜあの家がこれほど強い力を持っているかといえば、冷泉家の開祖は、絶大な清めの力を持っていたからだね。それは火の神やお嬢さんが揮うような、穢れを祓う力というよりも、物事のあるべき姿を見極め、その状態に戻すといった性質のものだったらしい。いずれにせよ希少な能力だ」

「だが、人間には過ぎた力だ。ゆえに若くして命を落とした、と記録にはある」

扇と知恵の神の言葉に、小夜は頷く。

「私が幼い頃、母もそのようなことを話してくれました。母は着物を清める力を持っていたので、開祖様に似たのかもしれない、とも」

「歴代の巫の力を見る限り、清めの力を持つ巫はさほど輩出されていない。お嬢さんのお母上の力は、冷泉家の中でも、相当貴重なものだったと見る」

それから扇はぽつりと言った。

「あれ、待てよ。清めの力、巫の名家……。最近どこかでその記述を見たような」

すると入江がすかさず尋ねる。

「先日ご覧になっていた西洋の石板ですか」

「いや違う、冊子だったし言葉も翻訳されていなかったと思う」

「西の間の文机の右側に積まれた本ですか」

「ああ……いや西の間ではないな、時計の六時の音がしたから」

「六時の音が鳴る時計は第二文庫にしかありません。他のはほぼ壊れていますから。第二文庫の、入ってすぐの書見台の横に積んでいた本とか」

「それだ！　日記群だよな確か、だからええと……」

扇が記憶を探るように宙を睨んでいると、優秀な巫はさっと部屋を出ていき、二十冊ほどの冊子を抱えて現れた。小柄な体からは想像もできない運搬量だ。

入江の抱えた冊子を一瞥《いちべつ》した扇は、下の方から一冊の本を抜き出した。

それは簡素な革表紙の施された薄い本だった。

「これだ！　『鑑定士』の日記！」

「『鑑定士』？」

小夜にとってはどこかで聞いたことのある言葉だった。けれどそれがいつのことなのか思い出せない。

「『鑑定士』とは八面六臂《はちめんろっぴ》のあやかしでな。物の価値を見極めることができ、真実に快楽を見出す特殊な生き物だ。神でも精霊でもない不思議な存在で、少し猩々に似ているな。かつては人であったと言われているが、定かではない」

「物の価値を見極める力なんて、凄いですね」

感心したように言う小夜に、入江が呆れたような笑いを浮かべる。

「全てを犠牲にして、『千里眼』もどきの力を得た者のなれの果て、と言った方が正確でしょうね。連中の原動力は傲慢なほどの知識欲。すなわち全てを知りたい、全ては明らかになるべきである、という図々《ずうずう》しい信念なのです」

「おや入江、随分と辛辣だね」

「ん？　お前、知らなかったのか、扇」

知恵の神が意外そうな顔で言う。

「入江はもともと『鑑定士』になりたくて、彼らに同行していたんだよ」

入江はむすっとした顔で頷く。

「結局は自分勝手な連中なんです。『鑑定士』の中には、病を得た龍を殺して腑分《ふわ》けしたり、珍種のあやかしにわざと毒を盛って、反応を見たりするやつもいるんです。そうすることで『千里眼』に近づくと言っていましたけど、俺はそういうことが許せなかった」

「だから袂《たもと》を分かったと言っていたな。それであたしのところへ来て、修業を積んだ」

扇が驚いたように入江を見ているところからすると、彼は自分の巫の来歴を知らなかったようだ。知恵の神は、伝えたはずだったがなとうそぶいている。

「俺の過去なんかどうでも良いでしょう。その『鑑定士』の日記がどうかしたのですか、扇様。ぼーっとしていないでさっさと説明して下さい」

「あ……ああ。すまない、何というか、うちに来ていた乱暴者の野良猫が、実は昔他の家ですまし顔で飼われていたということを知ったような気持ちになって……」

「誰が乱暴者の野良猫ですか。俺を喩《たと》えるなら臆病で引っ込み思案の子猫でしょう」

「引っ込み思案の子猫はそういうことを自分で言わないんだよなあ」

入江と扇のやり取りに、小夜は思わず笑ってしまう。お互いの呼吸がぴったりと合ったやり取りは、夫婦や恋人とも違う気安さがあって、聞いていて飽きることがない。

「ほら、お嬢さんに笑われてしまったよ。日記の……ここの箇所だ」

さすがの記憶力で扇が開いた頁《ページ》には、小夜には判読できない文字がずらりと並んでいる。首を傾げていると、扇が人差し指と中指で、紙面をとんとんと叩《たた》いた。

するとすみれ色の光が指先から冊子に染み込んでゆき、文字がぞろりとうごめいた。

水面を進むアメンボのように、つつと動いて、再び文字を形作る。

文字列がぴたりと止まると、紙面には小夜でも読める文字がいつの間にか形作られていた。本の神たる扇の本領発揮、翻訳術である。

「今から三十六年前。とある巫の家に『鑑定士』として呼ばれた、という記述がある。そこで生まれたばかりの赤子を見たところ、清めの力を持っていたとある」

「お母様が今生きていらしたら三十六歳になります。お母様のことでしょうか」

「場所が書いていないから断言できないが、清めの力はそうそうあるものではない。だが決定的な箇所はここだ。少し飛ぶが……」

扇はさらに頁をめくる。日記の内容を全て把握していると思われる手つきに、小夜は扇の記憶力に畏怖の念を抱くのだった。

「あった。今から十数年前、またしてもこの『鑑定士』は巫の家に呼ばれ、生まれたばかりの子を鑑定したことがあったようだ。彼はこの赤子にも『母親譲りの清めの力がある』としている」

「母と子、どちらにも清めの力があるというのは、かなり珍しいことだな。これは小夜と小夜の母親と見て間違いないだろう」

鬼灯の言葉に扇は頷く。

「だがそうなると、引っかかってくるのはこの文言だ。『家の人間は、清めの力を増幅させる方法はないかと尋ねた。確かに、異能を増幅させる方法は確立されておらず、更なる研究が必要である』」

その文言以降は、何やら難しい単語や数式の羅列で、小夜にはよく分からなかったが、この『鑑定士』なりに異能を増幅させる方法を考えてみたようだった。

「不勉強で申し訳ございませんが、実際に異能を増幅させることは可能なのでしょうか」

「異能が強まった例はあるが、なぜそうなったのかは分かっていない」

例えば水を操る異能。石戸家より数段落ちる巫の家だが、盃《さかずき》一杯ほどの水しか操れなかった者が、風呂釜一杯の水を操れるようになったという。

例えば失《う》せもの捜しの異能。家の中にあるものしか捜せなかった巫が、ある日突然村全体の失せものを捜せるようになったという。

ただしそれは一年ほどしか続かなかった。

「他にも虫を操る異能を持つ巫が、鳥にも命令できるようになった例や、花を咲かせる異能を持つ巫が、実を生《な》らせることができるようになった例もある」

「だがいずれも、なぜそうなったのか？　という点は分かっていないのさ。水を操る異能の例は、巫が訓練をしたと記述されている。だが失せもの捜しの異能については、何もしていないのに勝手に異能が成長し、一年後には退化している始末だ」

知恵の神は肩をすくめた。小さな手が、空になったショコラの器の取っ手を撫でる。

「――だが、異能が成長したという前例がある以上、巫たちはそれを再現しようと躍起になるものだ。効能も定かではない術を施されて、眠ったままの一生を送った巫もいると聞くよ」

「ああ、妙な薬を飲ませた例もあるらしいね。くだらないことを考えるものだ」

顔をしかめる扇の言葉に、小夜はふっと顔を上げる。

それは記憶の湖から、ぽつりと浮かんできた泡のようなもの。妙な薬、という言葉が呼び水となり、記憶の断片を思い出す。

「……そう言えば、私がまだ五つか六つの頃、私たちの家にやって来た男の人たちが、お母様に何か飲ませていたような。真珠のように美しかったので、さわらせて欲しいとお願いしたら、いつになく厳しい調子で、だめだと言われました。だから記憶に残っています」

そうしてそれを飲んだ母は、口を押さえて咳き込んでいた。それから一週間ていどの間は、小夜は母の部屋に立ち入ることを許されなかった。

やっと母と会えた時、その顔が障子紙のように白くて、小夜はびっくりしたものだ。

そのことを告げると、鬼灯の顔が険しくなった。

「ということは、小夜の母親は、異能を強めるために怪しい薬を飲まされていたということか？」

「その結論はいささか飛躍しすぎだねェ、火の神どの。冷泉家が冷酷な家であることに異論はないが、その印象に引きずられてしまっているよ。――その当時を知る者は、小夜以外にいないのかい？」

「います！　牡丹という付喪神がいます」

「ならばそいつに確認することだ。印象で先走ってはいけない。忍耐強く事実を積み重ねて判断するんだよ」

知恵の神の助言に、小夜と鬼灯は深く頷いた。


扇の元を辞し、二人は急いで火蔵御殿に帰る。

のんびりとお茶を飲んでいた牡丹は、物凄い勢いで台所に入ってきた主たちを見、困惑したように目を瞬かせる。

「そんなに息を切らして、どうなさったんですか」

「ねえ牡丹、お母様のことを聞かせて。お母様は昔、何か……薬みたいなものを飲まされていなかったかしら？　真珠のような形の薬を」

その言葉に牡丹はあっさりと頷いた。

「真珠のような薬でしたら覚えがありますよ。とはいえ私も、あの頃はまだ木彫りのからす。飾られていた場所から見えたことしかお伝えできませんが、確かに真珠のような薬をお飲みになっていたと記憶しています」

ですが、と牡丹は困惑した様子で言う。

「それはお母様――杏樹様の病を治すためだと思っておりました。ですが薬を飲まれても一向に良くならないどころか、薬を飲んだ翌日から、杏樹様は寝込まれていることが多かったですね」

「そうよね？　私もその様子を覚えているわ。黒い着物を着た男性たちが持ってきた薬よね、確か」

「ああそうです！　いつも同じ顔触れでしたね。ごつごつした岩みたいな輪郭の男と、女みたいにやたら色白な優男と。冷泉家の使いだと名乗っていましたよ」

小夜は鬼灯と顔を見合わせた。

「ということはやはり、冷泉家の人たちは、お母様に薬を飲ませて、着物を清める力を強めようとしていた……？」

「目的は、冷泉家開祖のような、より強い清めの力を手に入れるため――といったところだろうか」

「その可能性が高いですね」

頷く小夜に、牡丹がとんでもないことを発言した。

「でも、小夜様も似たようなお薬を飲んでいらしたはずですけど」

「えっ？　私が？」

「はい。杏樹様のと似たような、白くてまあるい薬。ああでも、ごつごつ男と色白男が持ってきたものかどうかは分かりません。いつも杏樹様が懐からこっそり出して、使用人にも分からないように飲ませていましたから」

「同じ薬なのかしら……？　でも、体調が悪くなった記憶はないわ。もしそんなことがあれば、さすがに覚えているはずだし」

「ええ、小夜様は薬を飲んでも体調が悪くなられるようなことはなかったと思います。だから私は、杏樹様と同じ病にかからぬよう、予防としてあの薬を飲まれているのだと思っていたんですよ」

牡丹の言葉に、小夜と鬼灯は唸ってしまう。

突き止めたと思った真実が、鰻《うなぎ》のようにぬるりと手から逃げていってしまったようだ。薬の正体が何なのか、調べる必要がありそうだ。

そう思った小夜が鬼灯に何か言おうとした時、火の神がさっと手を上げて小夜を制した。

「客人だ。今日は何だか慌ただしいな」

「お客様ですか。どなたでしょう」

「鳴海だ。いつもは裏口からさっさとやって来るのに、正面玄関からとは珍しい」

目を細めた鬼灯は、警戒心を隠さぬまま、小夜と共に鳴海を出迎えた。

鳴海はいつものように、人好きのする笑みを浮かべている。だが小夜の蝶の耳には、彼の身に着けている襟巻や服が、どうにも落ち着きがないように感じられた。

「こんにちは、鬼灯様、小夜様。本日は小夜様にお助け頂きたいことがありまして」

「私に、ですか」

猩々たちが頼るのは、いつも鬼灯の方だ。怪訝そうに首を傾げる小夜に、鳴海はほとほと困り果てた表情で頷いた。

「はい。小夜様にしかお願いできないことなのです。いえ、鬼灯様にもお願いできなくはないのですが、話がこじれそうなので……」

「よ、よく分かりませんが、私にできることならお手伝いさせて下さい」

助かります、と言った鳴海は説明する。

「会って頂きたい方がいるのです。もう火蔵御殿の外で待っていますので、結界を少し弱めてはくれませんか」

「気が早いな。だがそいつがどんな奴なのか、この目で検《あらた》めるまでは結界は緩めんぞ」

「そう、ですよね……。でも鬼灯様は……」

珍しく歯切れの悪い鳴海に、小夜は立ち上がった。

「鬼灯様。その方に会いに行ってみましょう。火蔵御殿の中から話しかける分には安全ですから」

「それが良い。鳴海の頼みであれば、できる限り聞いてやりたいからな」

「鬼灯様……ありがとうございます」

皆で連れ立って火蔵御殿の門まで向かう。

鳴海は火蔵御殿の外に出ると、誰かを呼んだ。

すると、髭を生やした男が一人、ぬっくりと顔を出した。

三十絡みの男は、帝国海軍のものと思しき白い軍服を纏っている。背丈は人間にしては高く、鬼灯ほどもあるだろうか。浅黒い肌にきりりとした太い眉が、彼の意志の強さを物語っていた。

だが、彼の薄茶色の目は、どこか子どものように悪戯っぽく動いている。軍人らしいいかめしさや、厳しさがあまり感じられないのだ。そのせいか、どこか年の離れた兄のような印象を受ける。

この目をどこかで見たことがあるような気がする、と小夜が思った時、男の薄い唇がぎこちなく苦笑を形作った。

「鳴海どの。奇特な性格をした、人間ではない娘を紹介してくれと言ったではないか。この子は人間だし、第一俺の姪っ子だ」

その言葉で、小夜は完全に思い出した。

「もしかして……浩一郎伯父様ですか⁉」

「おうとも。久しぶりだな。火の神の花嫁になったと聞いた」

柔らかい弦楽器のような声で言った浩一郎は、微かな笑みを浮かべた。すると目じりに笑い皺ができ、優しそうな風貌になる。

「おめでとう。今のお前の顔を見れば分かるが、良いご縁に恵まれたのだな」

「ありがとうございます！ そうなのです、本当に良いご縁があったのです。この鳴海さんのおかげです」

「そうか。お前と杏樹には、よくしてやれずすまなかった。杏樹の葬式にも出られず……。お前にどんな顔をして会えば良いのか分からないまま、時間が経ってしまった」

後悔を滲ませて言う浩一郎。鬼灯が鳴海に冷たく問うた。

「小夜に会わせたい人間とは、この男のことか。なるほど、冷泉家の人間だから、俺が難色を示すと思ったたか」

「仰る通りです」

鳴海の言葉に、鬼灯は険しい表情を浮かべて浩一郎と向き合った。

「そこまで小夜を気遣うなら、なぜ石戸家から救い出してやらなかった?」

「長い間、軍務で海外にいたものですから。一時帰国をした際も、小夜は石戸家で元気に過ごしていると聞いていたので、ひどい目に遭っているとはつゆ知らず」

浩一郎は軍務に追われ、杏樹の葬式に出ることもままならなかった。それどころか、妹の訃報を知らされたのは、没後半年経ってからのことだったと言う。

「仕事に忙殺され、冷泉家の使いが届ける知らせを鵜呑みにしておりました。杏樹も小夜も、石戸家で幸せに暮らしていると思い込んでいたのです」

そう言うと浩一郎は、小夜に深く頭を下げた。

「本当に申し訳ないことをした。お前の苦境に気づかず、すまなかった」

「伯父様……! お顔を上げて下さい。お仕事でお忙しかったのですから、仕方のないことです」

「浩一郎様は海軍の中でも、特に重要な任務を任されているようで、休暇もろくに取れず……。ご自身が嫁をとられる暇もなかったようなのです」

鳴海が浩一郎を庇《かば》うように言う。鬼灯は、多少は溜飲《りゅういん》を下げた様子だった。

「多忙は小夜を見捨てた理由にはならんが、頭を下げた分勇次郎よりはましだな」

「弟にお会いになったので?」

「向こうから小夜に接触してきた。大方小夜を跡目争いの道具に使うつもりだったのだろうよ」

「あれは政治が好きな男ですから」

「まるでお前は違うものが好きであるような口ぶりだな」

「私が好きなのは戦闘です。そうでなくては海軍に二十年もいられません」

呵々《かか》と笑った浩一郎の様子に、鬼灯は警戒を緩めたようだった。そもそも鉄火と縁がある軍人だ、小夜の苦境を助けられなかったという点を除けば、火の神としては印象が良い。

火蔵御殿の敷地へ立ち入ることを許してやり、東屋《あずまや》に案内する。

恐らく遠くから様子を窺っていたのだろう、早速牡丹が茶を盆にのせてやって来た。

「浩一郎様、ですわね。お久しぶりでございます」

「失礼、以前にお会いしたことが？」

「一方的に見知っているだけですのでお気になさらず。まあ男ぶりは悪くありませんけれど、小夜様を放置していた罪は重いですわよ。これでも飲んでいらっしゃいませ」

そう言って蓋もない粗末な茶碗を差し出す牡丹。中には出がらしよりも薄い緑茶が注がれており、それを見た浩一郎はなぜか笑った。

「小夜の従者か？　主人思いの精霊だ」

「付喪神ですわよ。見てお分かりになりませんの？」

「そうなのか。何度も申し訳ない。俺はあまり巫方面の知識がないものでな」

「冷泉家のご長男であらせられるのに？」

からかうような牡丹の言葉に、浩一郎は生真面目に頷いた。

「巫としての修業は十五の時に、才能なしとして取りやめさせられた。俺の異能は、一瞬先の未来を見ることだったから、磨けば未来予知が可能になるのではないかと期待されていたものだったが、結果はこれだ」

浩一郎は自分の軍服を示した。

小夜は海軍のことはよく分からないが、帽子や肩に入っている線の多さが、階級を示していると聞いたことがある。

「袖章を見た感じ、現在の階級は大佐でしょうか。浩一郎様のご年齢からすると、かなり出世なさっている方かと」

世情に明るい牡丹の説明に、小夜は感心して頷いた。

「凄いです、浩一郎伯父様」

「戦闘で生き延びるのが、他の者よりほんの僅か上手かったというだけだ。それで妹の葬儀にも行けないのだから、何も凄くはないんだよ、小夜。ただ俺の全てを捧げた結果がこれであるというだけだ」

どこか泣き笑いのような表情を浮かべた浩一郎は、小夜が何を言っても、自分を許すつもりがなさそうだった。

そういう頑固で潔癖なところが少し鬼灯に似ていると思いながら、小夜は尋ねた。

「ですが、そんな伯父様が、なぜ鳴海さんと一緒に火蔵御殿にいらしたのですか？」

全員の視線が、今まで空気に徹していた鳴海に集まる。

「浩一郎様のご依頼がかなり無茶であることを、小夜様の口から説明して頂こうと思ったからですよ」

「それならばこうも回りくどい方法を取らずとも、最初から浩一郎と小夜を会わせたい、と言えば良かったではないか」

鬼灯の言葉に、鳴海は少し後ろめたそうな表情を浮かべる。

「鬼灯様は、冷泉家の人間があまりお好きではないとお伺いしましたので、浩一郎様と小夜様をこっそり引き合わせようと思ったのですよ。もちろん、火蔵御殿の中で鬼灯様に隠し事はできませんから、愚かな考えだったのですが……」

浩一郎と小夜が久しぶりの再会を喜んだあとならば、鬼灯もあまり浩一郎をむげにはできまい、と鳴海は思ったのだ。

そんな鳴海の気苦労などつゆ知らず、浩一郎はあっけらかんとした調子で言う。

「俺の依頼はそんなに無茶なのか？　それほど高望みはしていないつもりだったが」

鳴海は小さくため息をついた。

「人間と結婚したいと思っていて、かつ人間ではない娘はそうそういませんよ」

「結婚ということはつまり、浩一郎伯父様は、結婚相手を探されているのですか！」

小夜の驚いたような声が、東屋に響いた。

四章　浩一郎の嫁取り騒動

浩一郎が結婚相手の斡旋《あっせん》を鳴海に頼んでいた。

その事実に小夜たちが驚愕《きょうがく》していると、ほとほと困り果てた様子の鳴海が言う。

「そもそもですね、人間とあやかしや精霊が結婚することは、あまり良いこととはされていません。生きる時間も違いますし、人間を食べるあやかしもいるのです。文化が違いすぎますよ」

「そうですわよ！　帰ったら奥方が人の骨をぺちゃぺちゃしゃぶっていたところに出くわした、なんてこともあり得ますわよ。そうしたらどうします？　やあ旨そうだね、骨は僕が片づけておくから君は昼寝でもしておいで、とか言えます？」

牡丹が呆れた顔で言うのにも、浩一郎は笑顔でこう答えた。

「しかし鳴海は俺の依頼を断れない」

「他のお願いは聞けますが、結婚相手、それも人間ではない娘を用意せよというのは、難しいですよ。かぐや姫の無理難題じゃあるまいし」

「巫は神と結婚できるのだから、あやかしとも結婚できるだろう」

「じゃあ僕が、猫又や鵺を紹介しても、結婚できるんですか」

「人に化けることができて、多少会話できるのであれば、構わん。要するに俺は、さっさと自分の妻の座を埋めてしまいたいんだ」

その言葉に小夜は首を傾げ、それからおずおずと口を開いた。

「あの、もしかして浩一郎伯父様は、お嫁さんを取れと冷泉家の方から言われているのではないですか。そうして早く子をなせとせっつかれている、とか」

「さすが杏樹の娘、察しが良い」

どこか投げやりに言った浩一郎は、むすっとした顔で首肯した。

「その通りだ。ここへきてご令嬢方の身上書《しんじょうしょ》が、毎日俺の仮住まいに届くようになった。冷泉家に顔を出せば、嫁を取れ妾《めかけ》を作れの大合唱だ」

「ああ、だからあやかしや精霊と結婚したいのか。彼らが人間との間に子をなすことはまずない」

鬼灯の言葉に、鳴海が微妙な表情を浮かべる。

「僕たち猩々の中には、ごくまれにではありますが、人間とあやかしの間に生まれた子もいますよ。もっともそれは、母親が人間の場合ですけど」

「子をなせば、その子が冷泉家の諍《いさか》いに巻き込まれてしまうだろう。あやかしと結婚したとて、養子をとれと言われる可能性はあるが、母親があやかしであることを理由に言い逃れできる」

「血の繋がった子どもが欲しいと思わないんですか」

「思わん」

きっぱりと言い放った浩一郎は、柔らかい表情を小夜に向ける。

「昔、幼い小夜と遊んでもらった。それで十分だ」

まだ母が生きていた頃、遊んでもらった記憶が蘇る。それを浩一郎も覚えているのだと分かって、小夜は胸の奥が温かくなるような心地がした。

と同時に、冷泉家に子を巻き込むのを厭い、子をなせないあやかしとの結婚まで考えていることに、驚きを隠せなかった。

牡丹も同様らしく、気づかわしげに浩一郎を見つめている。

「私と遊んで下さった伯父様のこと、覚えております。伯父様は長男ですから、色々と煩わしいことがあるのだと思いますが……。お優しい伯父様が、子どもを持たない選択肢をお選びになるのは、少し寂しい気もします」

「優しいから、冷泉家のいざこざを子どもに引き継ぎたくないのだろう。そういう考えは嫌いではない」

鬼灯が言うと、浩一郎はにっこり笑い、火の神様に気に入られるとは嬉しいことですと如才なく言った。

そうしてその笑みのまま、鳴海に向き直る。

「猫又でも鵺でもいいんだ。人間のふりさえできれば、冷泉家の者も文句は言うまい。俺の嫁に収まってくれるあやかしはいないのか」

　鳴海はしばらく宙を睨んでいたが、ややあって浩一郎に向き直った。

「……そのようなご事情を聞いてしまっては仕方がない。そもそも交わされた契約書がありますし、精一杯探させて頂きましょう、花嫁を！」

「そうこなくっちゃ！　よっ、大将！」

　すかさず浩一郎が持ち上げると、鳴海はまんざらでもなさそうな顔になった。

「ですが猫又でも鵺でもいい、というのは頂けませんね。たかが結婚、されど結婚でございます。せめて浩一郎様のご事情を理解して頂ける方、そして性格が合う方がよろしいでしょう。好みを教えて下さい」

「そうだな。俺がこんな朴念仁だろう、はっきりと物を言う女が良い。それでいて柔らかい雰囲気で、笑うと目元がくしゃっとなると幼子のようで愛らしいな」

「ちょっと何ですか、物凄く具体的に好みが出てくるじゃありませんか」

「別に全部叶うとは思っていないぞ、とりあえず好みを全てぶちまけているだけだ。茶目っ気があって、普段は泣かないくせに、たまに思いもかけないところで泣く弱さがあって、俺の性格を理解してくれて」

　すらすらと条件を口にしていた浩一郎だが、何かに気づいたような顔になった。

「どうなさいましたか、伯父様」

「いや、今言った条件が、杏樹に全て当てはまるなと思っただけだ」

「お母様に……？　お、伯父様は、お母様と結婚なさりたかったのですか」

「何か誤解していそうだがな小夜、俺は杏樹と結婚したいと思ったことはない。そうではなく、俺が人生の中で一番気が合ったのが、杏樹だったというだけだ」

過去形で語られる小夜の母。

小夜は目を伏せ、懐かしい光景を思い出して微笑む。

「確かにお母様は、意外とはっきり物を仰ることもありましたね」

「豪胆なところもあったな。昔、兄妹の中で一番大きな蛇を捕まえたことがあった。そいつを飼うなどと言い出すから、俺と勇次郎で必死になって止めたものだ」

くすっと笑う小夜。浩一郎は目を細め、それから鳴海に向き直った。

「俺の好みはこんなものだ。一つも当てはまるところのない娘でも良い。稼ぎはそこそこあるから、大食らいでも大丈夫だぞ」

「承知しました」

鬼灯は少し考え込むような顔をしていたが、

「俺も協力しよう」

と言い出した。

「鳴海の様子を見るに、なかなか候補となる娘はいないのだろう。俺も一緒に探せば効率が良い」

「真ですか鬼灯様！　神様の伝手《つて》があれば、候補が増えます！　狸々だけでは取り合ってくれないあやかしも多いので」

「呪われた身ゆえ、さほど助けになるかは分からんが、こちらには牡丹もいる」

「まあ鬼灯様ったら、やっと私の価値が分かってきたようですわね!?　この牡丹、精一杯お嫁さんを探させて頂きますわ！」

鼻高々で今にも飛んでいきそうな牡丹を押し留《とど》めながら、鬼灯が浩一郎を見た。

「だがその前に、浩一郎。教えて欲しいことがある」

何なりと、と神妙な顔をする浩一郎に、鬼灯は尋ねた。

「小夜の母親が、亡くなる前に飲んでいた薬について知りたい」

「薬、ですか？　杏樹が肺の病を得て亡くなったとは聞いていますが、薬までは」

牡丹が補足する。

「ごつごつした岩みたいな輪郭の男と、女みたいにやたら色白な優男が届けていた薬ですわ。羽織の背中に三匹の蛇が絡み合う家紋が入っていて、冷泉家の使いだと言っていました」

するとき浩一郎の顔色が変わった。

「岩のような男と優男の組み合わせに、三匹の蛇が絡み合う家紋。そこから察するに、彼らは冷泉家の『影』を担う家の人間です」

「影？」

「平たく言えば、昔の忍び……諜報《ちょうほう》部隊のようなものでしょうか。冷泉家が表立って行えないこと全てを一手に引き受けていた連中です。その連中が持ってきた薬を飲んだ後、杏樹はどうなりましたか」

「ご体調が優れない様子でしたわ。その後何度か、彼らが持ってきた着物を清めさせられていたようでしたけど」

「……その薬は杏樹の異能を強める意図を持って作られたものかもしれません。冷泉家は一時期、巫の力を強めるための訓練を盛んに行っていました」

しかし浩一郎は軍人の身で、冷泉家の巫としての活動にはあまり参加してこなかった。そのため、詳細を聞く機会がなかったのだ。

「それがどのように杏樹に作用したかは知りませんが、杏樹が石戸家でそのまま亡くなったことを考えれば、彼らの思惑は外れたのでは」

「そんな……」

小夜は言葉を失う。

浩一郎は頭を振って、

「いや、憶測で物を言ってはいけないな。杏樹は本当に肺の病で命を落としたのかもしれない。少し確認させてくれ」

「ならば、小夜に与えられていた薬についても調べて欲しい」

「小夜に与えられていた薬……。ああ、それは問題ないものです」

そう言うと浩一郎は小夜に微笑みかけた。

「あれは杏樹に頼まれて、俺が手配した薬なんだ。しばらくの間、お前の異能を隠すための薬だ。『影』ではなく、俺個人の伝手で手配した」

「私の異能を隠すための薬？」

「冷泉家の人間が、杏樹の子の異能を確かめるために『鑑定士』と呼ばれる者を遣わした。鑑定の結果、お前の異能も杏樹と同じ清めの力であることが分かった」

その頃既に杏樹は、冷泉家の人間から、異能を高めるための訓練を受けていたという。薬はその一環だろう。

冷泉家が人間を道具のように扱う様を目の当たりにした杏樹は、小夜に同じ轍《てつ》を踏ませたくなかったのだ。

「薬を定期的に服用することで異能を隠すことに成功した。再度『鑑定士』に鑑定させた時に、清めの異能があるとは分からなくなっていたんだ。清めの力を試すために、穢れた着物が持ち込まれたりもしたようだが、お前は何もできなかった」

だから冷泉家の人間は『小夜の異能はなくなった。出生直後の鑑定は誤りだった』と判断したのだ。

「もっともそれが石戸家でのひどい扱いに繋がるとは、俺も杏樹も予想していなかった。薬が強すぎたのかもしれない。火の神様と夫婦になることで、本来の力を取り戻すことができたのだな」

「そういうことでしたか！　おかしいと思ったのです、小夜様に異能がないなんて、そんなはずありませんもの！」

強く頷く牡丹は、小夜の方を見てぎょっとしたような顔になった。

小夜は顔を両手で覆っていた。指の隙間から、ぽろぽろと涙が零《こぼ》れ落ちている。

「さ、小夜様。大丈夫ですか？　どこか痛みますか」

おろおろする牡丹をそっと押し留めると、鬼灯は小夜を引き寄せ、腕の中に彼女を隠した。

小夜はしゃくり上げそうになるのをこらえながら、懸命に説明した。

「違うのよ、牡丹。お母様が、そこまで私のことを考えて下さっていたのが、嬉しくて」

「はい」

「でも、それはきっと、お母様が盾になって下さったからなのよね。冷泉家の方々の目がお母様に集中したから、私は見過ごされて、石戸家にいたままで済んで」

石戸家と冷泉家、どちらが良かったかは、正直なところ分からない。少なくとも冷泉家では、使用人のように働かずに済んだかもしれない。

だが小夜の母が異能を隠そうとしたおかげで、小夜は自分の身の丈以上の力を使って、すり減ることはなかった。鬼灯を助けることもできる。

浩一郎は目を細めて呟く。

「異能を隠す薬を飲むことで、何か小夜にとって不利益なことがあるかもしれない。だがお前はどこまでも優しくて、人のことばかり考えている子だったから、杏樹は決断したんだ」

強い異能を持つよりも、異能がないと思われている人生の方が、小夜にとっては良いだろう。

そう考えた杏樹は、異能を隠すための薬を手配してもらったのだ。

母が自分のことを愛し、その未来を案じてくれていた。そう思うだけで小夜は涙が止まらない。鬼灯が優しく背中を撫でてくれるから、なおさらだ。

火の神に抱きしめられて、静かに泣く小夜の姿を、浩一郎は見守っていた。

＊

浩一郎の花嫁探しである。

まず張り切ったのは牡丹だ。情報通の彼女は、人間と——しかも立派な軍人である浩一郎と結婚したいあやかしはたくさんいると請け合った。

ところが。

いつもの井戸端会議から帰ってきた牡丹は、台所の机に突っ伏していた。

「そもそも、結婚という考えが、あやかしには馴染みのないものでした……」

「あらまあ」

「一度結婚したら他の殿方とは心を交わすことができない、というのが、あやかしにはどうも理解できないようで」

小夜がぬるめの番茶を淹れてやると、牡丹は一気にそれを飲み干した。二杯目には熱いのを、栗饅頭《くりまんじゅう》と一緒に出せば、牡丹は嬉しそうに顔をほころばせた。

もぎゅもぎゅと饅頭を頬張りながら、

「いえね、今回の結婚、正直好きとか嫌いとかは二の次じゃないですか？　条件に合うあやかしでさえあれば良いわけですから、浮気くらいは許容範囲だと思っていたのですが」

「そう……なのかしら？　夫婦になるのだから、好きになった方が良いのではないの？」

「そりゃ小夜様は鬼灯様と相思相愛でいらっしゃるからそう思われるんですよ。世の中には打算ずくの夫婦もいるのです」

訳知り顔で言った牡丹だったが、疲れたように肩を落として、

「とは言え、浮気にも限度があります。冷泉家の長男の奥方のところに、毎日違う男が通って来るというのは、さすがにまずいでしょう」

「そうねえ。浩一郎伯父様の結婚の目的は、冷泉家の人たちに嫁を取れという圧力をかけられないようにするため。要するに、干渉されないようにするためだものね」

「そうです。つまり奥方は、問題になるようなことを起こさない方が望ましいわけですが……。あやかしは基本的に好奇心いっぱいで、無礼で、奔放ですから」

小夜は否定できない。そこがあやかしたちの魅力でもあるのだが、冷泉家長男の妻、という役目を果たすのには向いていないように思われた。

牡丹の帰還を察知して、鬼灯が仕事部屋から下りてきた。小夜が番茶と栗饅頭をさっと出すと、饅頭を口へ放り込みながら、

「その顔を見るに、成果はあまりなかったようだな」

「悔しいですがその通りです……。私は人間にかなり近い付喪神ですから、いつの間にか人間の価値観に染まり切ってしまったようです。あやかしや精霊の考え方を甘く見ていましたわ」

「そもそもあやかしたちも、同じ種族でつがいになることが多いからな。子をなすという観点から見れば当然なのだが」

子どもが欲しくない、という浩一郎の思いは、あやかしたちにとって不自然に映るのだろう。それも、花嫁探しが難航している理由だった。

「子のできない体質の、人間の娘を連れてきた方が早くはないか」

鬼灯の言葉に、牡丹は腕組みをして唸った。

「子ができない体質であることは確証が持てません。結婚してみたら、案外早く子ができた、なんてことがあるかもしれませんわよ」

「それに、もし私が子のできない体質だったとして、そこが良いのだと口説かれても、寂しい気持ちになってしまうかもしれません」

女性が仕事を得て、外で働くことが珍しくなくなったとはいえ、まだまだ産むことが女性の最大の仕事と思われている。そんな中で、子を産めないという事実は、どれほどその人を苦しめているだろうか。

さほど気にしていない女性もいるだろう。しかしこれは、その女性の心の機微に関わる問題だ。これが利益を目的とした結婚である以上、互いの心を傷つけることのないよう、配慮することが大切だと小夜は思った。

それを説明すると、鬼灯は神妙な顔で、

「それは……そうか。俺の配慮が足りなかった。すまなかったな」

「いいえ、私が考えすぎなのかもしれませんが……。人間の女性を紹介するのは、不確実なことが多いですから、止めた方が良いかと」

「話が振り出しに戻っちゃいましたねえ。鬼灯様の方は、何か当てがあります？」

「懇意にしている行商人に、誰か条件に合う娘はいないか当たってみたが、駄目だな。人間と結婚したいなどと思う酔狂な奴は神くらいだ、と言われてしまった」

酔狂とまで言い切られ、小夜は苦笑してしまう。それだけ難しいことなのだろう。

「事情を説明したら、浩一郎様に興味を持つあやかしや精霊も現れたんですけどね。そういう子に限ってなんていうか実直で、素直で、幼くて、冷泉家の中に入ったら参ってしまいそうな性格なんです」

「繊細なのは向かんだろうな。肝が据わっていて、鈍感で、多少のことは流せるくらいの度量があって」

「それでいて浩一郎伯父様の花嫁になってもいい、と思ってくれる変わり者のあやかし、もしくは精霊、ないしは神様」

鬼灯と小夜、そして牡丹は、揃って腕組みをして唸り込んだ。

＊

勇次郎はいらいらと蔵の方を見やった。

「浩一郎兄さんは何をしているんだ、伊吹？」

「さあ？　杏樹様のお荷物を探しているとか何とか」

「何のためにだ。杏樹の葬式にも帰ってこなかった仕事馬鹿が、今更弔いか」

勇次郎の目には、浩一郎が杏樹を見送れなかった悲しみが、濃紺の色となって見えている。何か企《たくら》んでいるようには見えなかったが、悲しんでいるからといって、何か腹に一物を抱えていないとは言い切れない。

「伊吹には分かりません」

伊吹は首を傾げると、勇次郎の前に玉露の茶碗を差し出した。書類仕事に追われた勇次郎は、殺気立った様子で玉露を喉に流し込む。

「そんなことより、浩一郎様が当主様を見舞われたそうじゃありませんか。何を話されていたんです？　まさか次の当主を浩一郎様にする、なんて密談を交わしていませんよね」

「檜の神に盗み聞きさせたが、昔話をしていたよ。ただ看過しがたいのは、兄さんがいつの間にか小夜に会っていたことだ！　しかも小夜は、火の神と一緒に当主様の見舞いにも来たという！」

「いつの間に？　伊吹には感知できませんでした」

「火の神が本気を出せば、僕らが察知することなんかできやしないんだろう」

その言葉に、伊吹の目が険しくなった。冷ややかな眼差しは、並の精霊であれば震え上がってしまうほどだ。

「……忌々しい。少し力のある神だからって、つけ上がっているのではないですか。天照大神様があの男神を呪いたくなる気持ちが分かります」

「許せないのは、僕らのあずかり知らぬところで、小夜たちが冷泉家に関与することだ。僕が最初に小夜をここに招いたのだから、僕を通すべきだろう」

「伊吹は、勇次郎様がないがしろにされている様など見たくありません。私の主は常に強くて、偉くて、立派な巫でなければ」

どこか凄みのある声で呟いた伊吹だったが、すぐにいつもの調子を取り戻して言う。

「火の神が小夜様に悪い影響を与えているのかもしれませんね」

「お前もそう思うか、伊吹」

伊吹は深く頷いた。

「そもそも小夜様はなぜ勝手に鬼灯様とご結婚なさったのでしょう？　石戸家から勘当されたのであれば、冷泉家を頼るのが筋。良家の令嬢は、自分から結婚相手を探すなどという品のない真似はしないものでございます」

異能がなく、神器を壊したかどで勘当された小夜を、冷泉家が受け入れるなどありえなかっただろう。けれど伊吹はしゃあしゃあと小夜を糾弾する。

そうすることが、勇次郎の本心に添うと知っているから。

「そうだな。一度小夜と火の神を引き離す必要があるだろう。しかし誰を使えば良いものか」

「『影』を使われては？　冷泉家当主のご子息であれば、彼らも動くでしょう」

「いや、最近は『影』の運用も厳しくなっている。父上と、父上の腹心の命令がなければ『影』は動かない。——更に言うなら『影』の存在感はここ数年薄くなっている。杏樹の異能を増幅させることに失敗してから猶更《なおさら》だ」

「そうでした。なら、花の神を使ってはいかがです？　色仕掛けならばあれに勝る者はおりますまい」

「火の神が色仕掛けにかかるだろうか」

「知りませんけれど、今まで醜男《ぶおとこ》だった神ですから、美しい神が口説けば舞い上がって、簡単になびくのではないでしょうか」

どこか他人事《ひとごと》のような伊吹の言葉に、勇次郎は苦笑する。この精霊は、人間や神の心の機微に疎いところがある。

疎いというよりは、意識的に遠ざけているのかもしれない。誇り高きこの精霊は、人間に生まれなかったことを心の底から喜んでいるから。

「そうだな。とにかく、火の神の弱みにつけ込むんだ」

「承知いたしました。孤立した小夜様をさらう手筈《てはず》は整えておきますね」

「全ては迅速に済ませよう。小夜を手に入れ、当主の座も手に入れる。そうして忌々しい神どもとは――決別する」

五章　一目惚れ

「小夜、俺にもそのくらい作れるぞ」

というのは、買い物中の鬼灯の口癖だった。

場所は宵町の『百貨店ぐりざいゆ』。すっかり馴染みとなったその店で、小夜は様々な舶来の本を見せてもらっていた。

「鬼灯様が素敵なものを作ることができるというのは、よく承知しておりますよ」

小夜は苦笑しながら、艶めく革表紙にそっと触れてみる。

子牛の革で作られたというそれは、少しぬめっとして、独特のにおいがして、秘密を隠し持っていそうな気配がした。

妖狐の店員に許しを得て開かせてもらうと、海外の言葉がずらずらと並んでいる。けれど挿絵も多い。挿絵のおかげで、一人の女の子が色々な場所を冒険するような内容なのだと分かる。

「これは文章が先に作られたのでしょうか、それとも挿絵を元に文章を書いたのでしょうか？」

「さあ？　作者は同じみたいですが」

「ということは、その作者の方に聞いてみないと分かりませんね」

小夜は生真面目な顔で頷くと、本をそっと元あった場所に戻した。

「買わんのか？」

「海外の言葉は読めません。読めない本を買い求めても、本が喜ばないでしょう」

舶来の本であっても、何を言っているのかは分かる。小夜の蝶の耳は、物の話す言葉というよりも、発する雰囲気や感情を拾っているからなのだろう。

「それにしても、海外の本は面白いですね。獣の革を本の表紙に使うなんて、思いつきもしませんでした。でもかびたりしないのかしら」

「天候が異なるのではないか？　あちらはこの国ほど雨が降らないと聞く。あるいは、本の価値がこの国とは違うのかもしれないな」

なるほど、と頷く小夜。彼女の興味は別の本に移る。

鬼灯の手ほどきのかいあって、小夜は女学生並みに物の読み書きができるようになった。石戸家ではろくな教育を受けられなかったが、今では順調に様々な知識を吸収している。

「小物や着物も見よう。約束の時間まではまだあるだろう」

「それでは、少しだけ」

買う予定もないのに、商品だけ眺めるという行為には気が引けたものだが、それがウインドウショッピングというものであり、百貨店では皆がやるものだと牡丹に教えられてからは、少しずつ楽しめるようになってきた。

もっとも、少しでも興味を持つと、すぐに鬼灯が、

「買ってやろうか？」

「色違いで迷っているのか？　両方買えば良い、どちらも似合う」

「ああそれは駄目だな、三流の品を使っている。俺ならもっと良い物を作ってやれる」

と言ってくるので、これはこれで大変なのだが。

小夜は鬼灯と手を繋ぎながら、時間が来るまでゆっくりと百貨店を見て回った。

店主の鈴蘭は、店にいれば小夜たちに話しかけてくるのだが、今日は不在にしているようだ。

途中、小夜が洋装を纏っている絵姿が大きく貼り出されている場所があった。その前を通ると他の客たちからの注目を浴びて、大層恥ずかしかった。

結局何も買わずに外に出た。充実した時間を過ごした後特有の、心地いい疲れに、小夜がほうっとため息をついた時、一人の男が声をかけてきた。

「小夜。待たせたか」

「浩一郎伯父様。いえ、時間通りです」

小夜と鬼灯が約束していた相手は、浩一郎であった。

浩一郎は鼠色《ねずみいろ》の着物に麦わら帽子をかぶり、百貨店名物、狐の彫像の前に立っていた。背が高く、軍人ゆえの姿勢の良さで目立っている。

「先に来て少し中を見ていたのです」

「宵町は幼い頃、父の仕事に同行した時以来だ。あの頃に比べると、とても賑《にぎ》やかになったのだな」

「伯父様は、あまり街にはお出《い》でにはならないのですか」

「宵町は無論のこと、銀座も上野もあまり行かん。人が多すぎて疲れるし、特にすることもないからな」

買い物をしたり、喫茶店で時間を潰したり、物珍しい出し物を見物したり、そういったことに浩一郎は興味がないのだ。

「だが、こういう場所を若い娘のあやかしは好むのだろう？　結婚相手を探してくれ、と他人に頼むばかりではいけない。自分の足でも探さなければな」

そう言いながら浩一郎は辺りを見回す。

今日小夜たちが浩一郎と会う約束をしていたのは、宵町を散策し、結婚相手にちょうどよい娘がいないかどうか、探すためだったのだ。

「といっても、急に女性に声をかけたら、びっくりされると思うのですが」

「なに、住んでいる場所を聞いて、定期的に会うきっかけを探るだけだ」

浩一郎が手慣れた様子で言うので、小夜は少し驚いたような表情を浮かべる。

姪の表情に気づいた浩一郎は、苦笑しながら、

「俺は海の向こうで、戦闘だけしていたわけではないよ。情報を収集するのも、軍人の仕事の一つだ」

と説明した。すると鬼灯がにやりと笑う。

「間諜か。なるほど、娘に声をかけるのは慣れている、と」

「まあ、そういうことになります」

「でもそれは、お仕事で情報をもらうための声かけですよね。お嫁さんになって下さい、と頼むのとは訳が違うと思うのですが」

小夜が思案しながら言うと、浩一郎は唇を引き結んだ。

「小夜の言う通りではある、が……。まずは相手のことを知らなければ話にならん。積極的に声をかけていくとするか」

そう言うと浩一郎は、人込みの中に歩き出してゆく。小夜と鬼灯は顔を見合わせ、迷いのない浩一郎の後ろ姿を慌てて追うのだった。

本人の言う通り、浩一郎が女性に声をかける行動は、手慣れたものだった。

しかし相手は人間ではない。あやかしだ。

人間など、はなから相手にしないのは猫又の娘。人間を食べることに意欲的なのは、角を生やした赤鬼の女だった。巫の清らかな気を吸い取るのが好きな雪娘に、男の固い体を締め上げるのは嫌だと眉根を寄せるろくろ首――。

誰も彼も、花嫁の候補にすらならない。

おまけに鬼灯と小夜が傍にいるせいで、あやかしたちの注目はそちらの夫婦に行ってしまうこともあった。

一刻ほども宵町を歩き回った頃、浩一郎が渋い顔で小夜の方を向いた。

「捗々《はかばか》しくないな。大口を叩いたくせに、情けない伯父だと笑うだろう」

「とんでもないです！　赤鬼の方の鋭い突きを間一髪のところで避けた時は、鬼灯様も感心されていましたし」

浩一郎は苦笑し、それから悪戯っぽい顔になって、

「ところで小夜、お前の絵姿が宵町のあちこちに飾られているようだが、あれは一体？」

と、街灯に下がる小夜の絵姿を指し示した。

それは『百貨店ぐりざいゆ』が出している広告だった。店主の鈴蘭との約束で、小夜は自分と鬼灯が広告塔になることを受け入れた、その結果である。

しかし街中で堂々と自分の絵姿が飾られているのは、小夜にとってはかなり恥ずか

しいことだった。だから今まで視界にも入れないようにしていたし、話題にも出さなかったのに、今更それを持ち出されるとは。

「そっ……それはその、話すと長いのですがっ」

「長いなら、喫茶店にでも入るとするか。そろそろくたびれてきたし、濃い珈琲《コーヒー》が飲みたい」

三人は、地味な店構えの喫茶店に入った。

足を踏み入れた途端、煙草《たばこ》の匂いが微かに漂ってくる。

薄暗い店内は、アール・ヌーヴォー風の洋灯《ランプ》や帽子かけなど、洒落た内装をしていた。やってくる女性の従業員も、布地をたっぷりと使ったドレスを纏って、どことなく蓮っ葉《はすっぱ》な調子で喋《しゃべ》るのが、大人びていて小夜をどきどきさせた。

そこで小夜は、鬼灯と石戸家にあったこと、それから夜の神との出来事を浩一郎にかいつまんで話した。鬼灯は小夜の説明に上手く補足を入れてやり、浩一郎は自分の姪に起こった様々な事件を知った。

「鬼灯様の花嫁になってから、色んなことがあったのだな。よく頑張ったものだ」

「ありがとうございます。色々な方々に助けて頂いて、鬼灯様と共に楽しく暮らせております」

はにかむ小夜に、浩一郎が笑みを深める。日焼けした肌に皺が寄り、そうすると厳《いか》めしい雰囲気が少しだけ和らいだ。

「お前を見ていると、伴侶を得るのも悪くなさそうだと思えてしまう。と同時に、罪悪感も芽生えてしまうから考え物だが」

腕組みをした浩一郎は続ける。

「先程自分の目で見てよく分かったが、あやかしと結婚するというのは、名案とは言い難いようだ」

「牡丹にも聞いてみたのですが、そもそも婚姻というものが、あやかしの習慣に馴染まないこともあるようで」

「なるほど。鳴海が依頼を引き受けたがらないわけだ」

鬼灯は珈琲に角砂糖をいくつも落としながら説明する。

「俺たちの言いなりになるような低位の神ならいくらでもいるが、人の形を取るのもやっと、という者もいるからな。冷泉家に入るのであれば、もう少し知恵が回った方が良いだろう」

浩一郎は頷き、それから苦笑した。

「自分がいかに手前勝手なことを口走ったのか、今更自覚しております」

「なに、身を守るためならば仕方があるまい」

鬼灯はそう言って、珈琲の器を置いた。その顔がふと何かを聞きつけた猫のようにぱっと上げられる。

すると、入口に華やかな女性の声が響き渡った。

「もう吉野《よしの》ったら、迷子になるだなんて存外お馬鹿な子なんだから」

『ですが我が神、百貨店なるものは階数が多うございます！　客も多くて眩暈《めまい》がするったら』

「だからって、主である私が従者のあなたを捜すなんて、あべこべなんじゃない？」

『たまには我が神にも、人を捜す際の心細さや大変さ、苛立ちを味わってもらいませんと。我々従者はいつもそのような思いで我が神を捜しているのですよ』

「もう、減らず口なんだから」

従者と軽口をたたき合うのは、いるだけでその場を華やがせてしまう女神――。春の女神だった。薄桃色の髪を、後ろ髪の上半分だけで結び、可憐なすみれ色の大きなリボンでまとめていた。

吉野という兎の精霊を指先でつんと突《つつ》いた女神は、顔を上げて店内を見回した。そうしてまず鬼灯を見つけ、遠慮なく顔をしかめる。

だがその横に座る小夜を見ると、子どものように顔を綻ばせ、弾むような足取りでやってきた。

「こんにちは、小夜。こんなところで会うなんてびっくりだわ！」

「こんにちは、春の神様。素敵なリボンですね。今日の髪型によく似合っていらっしゃいます」

「まあ小夜ったら不思議なことを言うのね。私が素敵じゃない時なんて、あった？」

「ありません。ですが今日はひときわお綺麗です。モダンで、このお店によく合っていて、さすがです」

えへんと胸を張った春の神は、小夜の頭をぐりぐりと撫で、ぎゅうっと抱きしめた。

それから初めて同席していた浩一郎に気づいたようで、その顔をじっと見つめる。

猫めいてくるくると表情を変える瞳が見開かれ、白磁のごとき頬に、さっと赤みがさした。子どものように根拠のない自信が表れていた口元が、何かもの言いたげに開かれて、それから引き結ばれた。

あ、と小夜は思った。

恐らく自分は、決定的な瞬間を目撃してしまったのかもしれない、と。

「……小夜。この人間は、あなたの親戚か何か？」

「はい。伯父の冷泉浩一郎といいます」

「そう。そうなの。ふうん。気があなたに似ているわね。匂いも似ている。でも、雰囲気は全然違っていて、鉄《くろがね》の冷たさがあるわ」

浩一郎は如才なく微笑んで、

「冷泉浩一郎と申します。春の神様におかれましては、ご機嫌麗しゅうございますか」

「ええ。今すっごく機嫌が良いわ、ねえあなた、お名前が冷泉ということは、あの冷泉家の人間なのね？」

「はい。ですが巫としてではなく、軍人として働いております」

「巫じゃないのね。それは何となく分かってた、馬の群れの中に紛れ込んだ虎みたいだものあなた。しかもそれを隠す気が全くない」

浩一郎は目を細めた。微笑みのようにも見えるが、警戒しているようにも見える。

春の神は、珍しく言葉を探すように下唇を嚙み、それから破顔して言った。

「あなた、とっても綺麗。とっても、とってもよ。今すぐ私の巫にしたい」

驚きに目を見開く浩一郎を見て、春の神は慌てたように言葉を重ねる。

「あ、でも急に言ったら困るわよね。違うのよ、困らせたいわけではないの、いえ困ったお顔も可愛くて素敵なのだけれど、今見たいのはそれではないの」

『……我が神、もしかして』

吉野がじっとりと春の神を見つめる。

春の神は両手で頰を押さえ、うふふ、と微笑んだ。

「ええ、ええ！　一目惚れ《ひとめぼ》というやつなのだわ！」

その瞬間、店の暗がりに放置されていた枯れ花が蘇り、明かりがいっそう光度を増し、ところどころに染みのついた卓上の敷布が、眩《まぶ》しいほどの白さを取り戻す。

「うわっ甘っ」

誰かが珈琲を口にして呟く。店内の飲み物全部が甘くなってしまったらしい。

吉野はやれやれといった様子で首を振った。

『惚れっぽい我が神の、いつものやつが始まった。相手が同位の神ならともかく、人間は止めておきなさい。寿命も違えば文化も違う、ついでに相手は冷泉家の人間でしょう。なんかこう、色々面倒くさいですよ、多分』

「鼻の利く兎だ。そう、浩一郎は面倒くさい事情を抱えているぞ」

鬼灯が吉野を後押しするのは、春の神が苦手だからだろう。

だが春の神はふんっと鼻を鳴らして、

「面倒くさいの私大好きよ。ねえ、春の神の加護はいらない？　思いもかけないところで雨を降らせたり、厚着した時に限って夏のような日差しを浴びせたり、色々気まぐれなのだけれど」

「浩一郎は軍人だ。春の神の加護などいらん」

「いるわよぅ。そりゃあ私は鉄火の前に無力だけれど、春風が銃弾を逸らすことだって、ないとは言えないじゃない？」

春の神は屈みこんで、両手の指先をちょこんと卓の縁に乗せた。

そうして上目遣いに浩一郎を見る。

「ねえ、だめかしら。私のものになってくれない？」

「火の神様が仰る通り、私は面倒くさい事情を抱えているのですよ」

「その面倒も含めてあなたが欲しいの」

急な展開に、小夜はただ目を見張ることしかできない。

けれど、何となく——。伯父はこの神を拒まないだろう、という予感があった。

それは、春の神がほんの少しだけ、小夜の母に似ているからかもしれない。

浩一郎は考え込むようにじっと珈琲のカップを見つめていたが、やがて顔を上げた。

「巫としての教育を受けていない身ではありますが、本当にこの私を欲しがって下さるのですか」

「当然よ！」

「私は軍人です。軍務を優先します。あなたのためだけに仕えることはできません」

「大丈夫よ。私には、私を一番に考えてくれる可愛い巫がたくさんいるもの」

「あなたにご迷惑をおかけするでしょう。冷泉家の者が口さがないことを言って、あなたを貶めるでしょう。想像もできない事態があなたを襲い、私と出会ったことを後悔する瞬間が何度も訪れるかもしれません」

「暖かい日もあれば、寒い日もあるのが春という季節ね。物事の良い側面だけを知りたいだなんて、そんな傲慢なことは言いません。それに、あなたになら、後悔させられてもいいわ」

「……私は自分の利益のみを追求するでしょう。あなたが私を気に入って下さったように、あなたを心から愛することが出来るかどうか、確信が持てません」

「確信？　それは春の神である私からは最も遠い言葉ね。朧《おぼろ》こそ春の美しさ。第一、私があなたを好きである、その事実だけで十分だとは思わない？」

嫣然《えんぜん》と微笑む春の神に、浩一郎も朗らかな笑みを返した。

「なんと寛大なお方だろう。この朴念仁の私を、冷泉家の面倒ごと受け入れても良いと仰って下さるなら。

——私の妻に、なっては下さいませんか」

「妻」

おうむ返しに言う春の神の声は、いやに静かだった。

吉野がぴょんと大きく飛びはね、正気か、という目で浩一郎を凝視している。

いつの間にか周囲の眼差しが全て浩一郎と春の神に注がれている。そんな視線に気づいているのかいないのか、浩一郎は真面目な顔で頷く。

「はい、妻です。実は今、早急《さっきゅう》に人間ではない娘を伴侶に迎える必要がありまして、面倒ごとというのはそれなのです。様々なあやかし、精霊を当たってみたのですが、捗々しくなく……」

　すると春の神は立ち上がり、浩一郎にずいっと顔を近づけた。

「そりゃあそうよ、精霊やあやかしが結婚なんてものに縛られるもんですか。契約とか誓いとか、そういうのが好きなのは私たち神か人間くらいのものよ」

　どこか興奮した様子の春の神は、卓の白い敷布の端を、両手でしきりに引っ張ったりねじったりしている。

「妻になるって、つまりは結婚を申し込まれているのよね？　凄いわ、人間から結婚を申し込まれるなんて、生まれて初めてなのよ！　蛮勇だわ、馬鹿げているわ、だけど最高に素敵だわ！　ねえ、だから、綺麗な気を持つあなた？　小夜に似ているけど、小夜よりも私好みの姿《かたち》をしたあなた、私あなたの奥さんになってあげるわ」

「良かった。断られたら悲しいところでした」

「私があなたを悲しませるようなことを言うわけないでしょう」

　春の神が微笑んだとたん、全ての飲食物から白い砂糖があふれ出し、シャンデリアが七色の光を放ち、店にいた人々の目を眩《くら》ませた。

　こうして、浩一郎と春の神の結婚は、とんとん拍子に決まったのであった。

＊

事の顚末《てんまつ》を聞いた牡丹の嘆きようは、それはもう凄いものだった。

「ずるいですーっ！　どうして私のいない時にそんな面白いことが起こるんですか！　春の神様に結婚を申し込む浩一郎様なんて、私も見たかったです～小夜様～」

「ふふ。なんだか奇妙な光景だったけれど、改めてお二人を見ると、あまり違和感がないのよね。収まるところに収まったというか」

「何も収まってないぞ。諸々《もろもろ》を進めなければならないのはこれからだからな」

鬼灯がげんなりした顔で言う。

なぜかと言えば、春の神と浩一郎の華燭《かしょく》の典《てん》を挙げるに際し、鬼灯が舞台を設計し、式の流れを監督することになったからである。

これは猩々と春の神、そして浩一郎の、たっての頼みであった。

「そ、そうでした、鬼灯様はやることが盛りだくさんでした……。私も精一杯お手伝いいたします！　お仕事の後のお片づけはお任せ下さい！　美味しいご飯も、頑張ります！」

「いやなに、幼い小夜に良くしてくれた親類のためならば、このくらいはやぶさかではないのだがな」

　拳を握って気合を入れる小夜を、可愛らしい子猫を見るような目で見ていた鬼灯だったが、小さくため息をついた。

「春の神の華燭の典ともなれば、高名な神々も多く招かれるだろう。またぞろ俺の呪いの話が持ち出されるのではないかと危惧しているのだ」

「例えば豊玉姫《とよたまひめ》様は、春の神様と親しくしていらっしゃいますものね」

　小夜は石戸桜に成り代わられていた時のことを思い出す。鬼灯も同じことを思い出したのだろう、しかつめらしい顔で頷いた。

「だが俺は、浩一郎には良くしてやりたいからな」

「伯父様に？　嬉しいお言葉ですが、なぜでしょう」

「妻の親戚だから、という意味ももちろんある。だがな、冷泉家の内情を探るための人材として、浩一郎は貴重な存在なんだ。勇次郎が何をしてくるか分からない今、浩一郎に恩を売っておくことは、悪くない選択肢だと思わないか」

「まあ……。鬼灯様は常に何手も先を見据えていらっしゃるのですね。私など、春の神様のお衣装や、式場のしつらえのことばかり考えてしまっておりました」

　小夜が恥じ入るように俯く。その顎をさらりと捕まえ、顔を上に向かせると、鬼灯は触れる程度の口づけを落とした。

小夜の顔が微かに赤く染まる。夫婦になって半年以上が経つというのに、未《いま》だに鬼灯から触れられるたびに心臓がどきどきする。

鬼灯はそんな小夜をからかうように見つめ、指で頬をくすぐってくる。けれど小夜から言わせてもらえば、鬼灯のことを大切に思えば思うほど、一つの口づけの重みが増すのだ。慣れるはずもない。

「逆に俺は衣装のことなど何も頭になかった。俺とお前、二人いれば華燭の典の様々なところに心を配ることができてちょうど良い。適材適所というやつだ」

「は、はいっ。そうですね」

そんな夫婦の睦み合いはもはや日常茶飯事なので、牡丹はもういちいち反応したりはしない。夕飯の下ごしらえをしながら、結婚申し込みのところを見られなかった恨みを、まだぶちぶちと呟いている。

「ですが、春の神様が人間に一目惚れなんて、ほんと何が起こるか分かりませんねぇ。恋多き女神様ではありましたけど、巫はほとんど女性ですし、人間の男性と接することってあまりないんじゃないですか。どこがお気に召したんでしょ」

「小夜と気が似ている、と言っていた。それには俺も同感だ。小夜は夜更けの湖。浩一郎は夜明けの海のような印象を受ける」

「ああ、言われてみれば確かに」

牡丹があまりにもあっさりと頷くので、小夜は驚いた。

「そうなの？　私の気は、夜の湖みたいな感じなのかしら？」

「静かで包み込んでくれる感じが小夜様らしいかと思います。夜の湖の傍に一人で立っていると、ほっとするような感じがしません？　自分に帰る瞬間、というか」

「分かるような、分からないような……」

「ま、自分のことほど分からないって言いますもんね。浩一郎様の、夜明けの海っていうのは分かりますでしょう？　今は静かだけど、一瞬後に何かが起こるぞ、って予感を感じさせるようなお方ですよね」

「ああ、それは分かるわ。嵐の前の静けさという感じがするわよね。海を見たことがないから、あまり正確には分からないけれど」

「小夜は海を見たことがないのか」

鬼灯の言葉に、小夜は照れ笑いを浮かべて頷く。

「はい。石戸家にいた頃、海に行く際に私が熱を出してしまって、母と一緒にお留守番だったことがありまして。使用人の皆様の慰安旅行も兼ねていたので、父が行かないわけにはゆかず、母には申し訳ないことをしました」

「ありましたねえそんなこと！　小夜様が珍しく私も行きたいと駄々をこねていて」

「だって前の日から楽しみにしていたのよ？　お母様と貝拾いをして、鬼ごっこをすることも決めていたのに、熱を出しただけで全部だめになっちゃうなんて、悲しくてたまらなくて」

今となってみれば、可愛らしい幼子の癇癪《かんしゃく》だ。小夜はふふと笑った。

鬼灯は目を細めてそれを見ていたが、さっと立ち上がった。

「行くか、海」

「えっ？」

「もうじき夕暮れだろう、日没が見られるのではないか」

「でも」

「牡丹、夕餉《ゆうげ》の支度は頼んだ」

「お任せを」

椅子の背にかけてあった小夜の羽織を手にすると、鬼灯はさっさと小夜の手を引いて台所を出た。

そうして、気づけば小夜は、夕暮れの迫る浜辺に立っていた。

「まあ……」

さざ波の音、潮の匂い。白い砂の上に立ちながら、小夜は目を細めて空と海の交わるところを見つめた。

火蔵御殿からは火の馬に乗ってきた。鬼灯の前に乗り、抱きかかえられるようにして空を飛ぶこと数十分。訪れた浜辺は、犬と一緒にのんびりと散歩を楽しんでいる、老いた男しかいなかった。浜の傍に植わっている松の木が、夕日に照らされて赤々と輝いていた。

小夜は鼻をひくつかせる。

「海とはこんな匂いなのですね。風もこんなに強くて、湿っているものなのだと初めて知りました」

「生臭いが、どこか懐かしい匂いだよな」

以前豊玉姫と会った時に、海らしきものに触れたことはあった。けれど潮風の匂いまでは分からなかった。

「それに、海ってとても……広いのですね！」

水平線は遠く、どこまでも続いているように思えて、小夜は瞬きした。この果てに異国があるというが、波打つ水の上に船を浮かべて、この先へ行ってみようと考えた先人は凄い、と思った。

そしてここを航海している浩一郎も。

「日没には間に合ったな。少し歩こう」

火の馬を待たせ、鬼灯は小夜の手を取って砂の上を歩き始める。踏みしめるそばから砂が崩れ、歩きにくいが面白い。

「転ばないようにするのが、大変ですね」

「いっそ裸足《はだし》になってしまうか」

「汚れませんか」

「そっちの方が楽しい」

　鬼灯は小夜の足元に屈みこみ、自分の肩に手をつかせて、草履と足袋を脱がせてやった。

「ほ、鬼灯様！　さすがに神様にそんな風にして頂くのは」

「そんなことはいいから、ほら、行こう」

　自分の草履を蹴り飛ばすように脱ぎ捨てた鬼灯は、少年のような顔で小夜の手を引く。足裏に砂の新鮮な感触を覚え、小夜は思わず笑ってしまう。

「くすぐったいような、ちょっと痛いような？　そんな感じがします」

「俺が先を歩くから、できるだけその足跡を踏んで歩け。石や尖《とが》った貝殻を踏んで、お前の足が傷ついたらことだからな」

「はいっ」

　大きな鬼灯の足跡に、自分の足を重ねてみると、大きさが全然違うことに気づく。景色も見ぬまま、懸命に足跡を追いかけていると、視界に白い波が入ってきた。

いつの間にか波打ち際に辿り着いていたのだ。足元に波がやってくるのを、逃げることもできずに受け止める。

「わ、わあっ」

「大丈夫、俺がいるから」

足の裏の砂が持っていかれて、後ろにぐらりと揺れたところを、鬼灯が支えてくれた。小夜はまじまじと足元を見つめ、それから鬼灯の顔を見上げた。

「海って、凄いところなのですね」

「気に入ったか？　怖くはないか」

「そうですね、怖くはありませんが……」

小夜は水平線に目をやる。

ぎらぎらと燃えるような太陽が、いよいよ沈もうとしている。海の上に橙色の太い線が引かれ、そこに太陽が吸い付いてゆくようだ。

「何だか、自分がとっても無力な存在になったみたい」

小夜がそう呟くと、鬼灯が手に指を絡めてきた。手のひらをぴったりと合わせて、ぎゅっと握りこんでくる。

じりじりと沈みゆく太陽を、波打ち際で足を濡らしながら眺めていると、時間の感覚が遠のいて、ただ隣の鬼灯と、海の存在を感じる。

ぼんやりと漂う意識の中に、ぽつりと泡のように浮かぶ感情があった。

「こんなに綺麗なのに、どうしてでしょう。寂しいと思ってしまうのは」

「さあ、どうしてだろうなあ」

鬼灯はのんびりと相槌《あいづち》を打つ。潮風が強く吹きつけ、鬼灯の持つ羽織をはためかせた。

水平線の上に吸いついた太陽が、徐々に海の向こうに沈んでゆく。完璧な円が、その形を失ってゆく。夜はもう小夜たちのすぐ真上に迫っている。

追いつかれる、と小夜は思った。

そうして太陽が完全に沈み切り、橙と紫色の名残を留めた空が残された時、小夜は自分の頬を伝う涙に気づいた。

「あら」

泣いた覚えがなかったので、小夜は驚いた。

こぼれる涙を、横から鬼灯の指がすくいとる。

人肌の温《ぬく》もりに鼻の奥がつんとなって、また涙が次々とこぼれた。止まらない。

「どうして、私……。悲しいことなんて、一つもないのに」

「何か懐かしいことでも思い出したんじゃないのか」

鬼灯の声は優しい。優しいからこそまた泣きたくなってしまう。

懐かしいこと。

そうだ、小夜は今まであえて考えてこなかったことに、思いを巡らせていたのだ。

「お母様のことを、思い出していました」

「そうか」

「一緒に海に行けなかった。私、お母様と海を見たことないんです」

「うん」

「お母様、どんなお気持ちでお薬を飲んでいらしたのでしょう。どんなお気持ちで、私の異能を隠そうとなさったのでしょう」

「……」

「苦しかったでしょうか。怖かったでしょうか？　もう聞けない。お母様の気持ちを知ることは永遠にできない」

いつの間にか、小夜の頬を大粒の涙が滑り落ちていた。拭っても拭っても、止まることを知らない。ふいにこみ上げた悲しみが、雪玉が坂を転がり落ちてゆくように大きくなって、もう手の施しようがなくなってしまったのだ。

薄暗くなってゆく世界で、鬼灯がそっと小夜を抱き寄せる。その腕の中で、小夜は幼子のように泣きじゃくっている。

「かわいそうなお母様。お母様に薬を飲ませたのは、冷泉家の人たちですよね。おじい様はそのことを知っていらしたのでしょうか。知っていて無視した、いえ、もしかしたら、お母様に薬を飲ませた張本人だったかもしれません」

　小夜の脳裏を、老いさらばえた俊太郎の姿がよぎる。

　母の死を俊太郎のせいにするには、彼はあまりにも弱りすぎていた。

「お父様が自分のことを守ってくれないと分かってしまった瞬間は辛いです。どれだけ寂しくて辛くて恐ろしいことか。でも、どんなにひどいことをされたって、嫌いになりきれないのが一番辛いんです。だって、お父様には、優しい時もあったのだから」

　自分のことで泣いているのか、母のことで泣いているのか、小夜にはもう分からない。色々な感情がぐちゃぐちゃに入り混じって心をかき乱す。

「お母様、寂しかったでしょうか。辛かったでしょうか。どうして私はそれを分かってあげられなかったのでしょう。私、私は、何もできなくて」

「お前はまだ八つの子どもだった。杏樹にとっては守るべき可愛い子だ」

「お母様に会いたい。会ってお話をしたい。鬼灯様や牡丹とのことをお話ししたい。お母様に笑って欲しい。お母様とすごろくをして、絵合わせをして、遊びたい」

「うん。そうだな、俺も会いたいよ。小夜を育てた方だ、きっと可憐で、優しくて、素敵な方だったのだろう」

　しまいに小夜はうわーんと声を上げて泣き始めた。砂の上でうずくまる小夜を、鬼灯はただ、しっかりと抱きしめていた。

どのくらいそうしていただろう。

小夜は泣きすぎて頭がぼうっとなってしまっていた。心を突き刺すようだった悲しみは、疲れのせいであまり感じなくなっている。

辺りは真っ暗だが、鬼灯の足元に炎が灯《とも》っているおかげで、お互いの姿は見える。きっと目が腫れて酷《ひど》い顔になってしまっているだろうと思い、小夜は顔を上げることができなかった。

「帰ろうか」

優しい鬼灯の声に、小夜はこくんと頷く。声を出したら、また泣いてしまいそうだったからだ。もう泣きたくなんてないのに、体はまだ悲しみを引きずっていて、少し刺激を与えただけでまたあふれてしまいそうだ。

鬼灯と小夜は火の馬に乗って帰った。温かな鬼灯の体温と、泣きすぎた疲れのせいで、小夜はいつの間にか眠ってしまっていた。

火蔵御殿に辿り着いたあと、牡丹の手を借りて寝間着に着替え、自分の部屋の寝台に潜り込む。まるで弱った生き物みたいだとぼんやり思ったのを覚えている。

その夜の夢に母は出てこなかった。代わりに、なぜか牡丹と桜が延々と喧嘩《けんか》している夢を見て、気疲れして目が覚めた。

泣きすぎたせいで重たい瞼を、一所懸命瞬かせながら、寝台の中で呟く。

「だけど、牡丹と桜様は、話してみたら意外と気が合うかもしれないわね……？」

「ええ？　性根がひん曲がった挙句に小夜様をいじめた女なんて、お金を積まれても話したくなんかありませんけど」

いきなり牡丹の声がして、小夜はびくりと体を震わせた。

牡丹が心配そうに小夜を見下ろしている。気づけば部屋は随分明るくなっていて、朝などとっくに過ぎているだろうことが分かった。

寝坊だ。飛び起きようとする小夜を、牡丹が制する。

「鬼灯様が、寝かせておけと仰っていました。私も賛成です。今日は一日お部屋でのんびりとお過ごし下さいまし」

真面目くさった表情でそう言った牡丹は、途端に悪戯っぽい顔になる。

「そうそう、鬼灯様から贈り物です。あちらに置いてありますので、ご確認をお願いいたしますね」

それでは、と牡丹は白湯《さゆ》だけ置いて、いそいそと去ってゆく。

小夜はまだ覚醒しきっていない頭で、牡丹が示した方を見て——。それから目を見開いて、寝間着のままで部屋を飛び出した。

「鬼灯様！　……は、今は仕事部屋かしら」

慌てて階段を駆け上ると、まさに仕事部屋から出てきた鬼灯と出くわした。

作業中だったのだろう、作りかけの部品らしきものを手にしていた鬼灯に、小夜は思い切り抱き着いた。

立派な体軀《たいく》の男神は、小夜ごときが全力でぶつかったところで、びくともしない。代わりに背中に手を添えて、どうした、と聞いてくれる。

「鬼灯様、どうして私の部屋に、お母様の遺品があるのですか!?」

「買い戻したんだ。あれで全部だと思うのだが、一応確認してくれるか」

「か、買い戻した？」

鬼灯は、小夜を落ち着かせるように、軽い口調で説明した。

「石戸家の連中、相当金に困ったとみえて、小夜の母親の着物や小物を全て売り払ったんだ。一旦は散逸してしまったが、猩々たちの力を借りて、全て買い戻した。金にがめつい連中が、売った着物の記録を残してくれていたのは助かったな」

あっさりと言うが、小夜の母の着物は相当な量があったはずだ。だからこそ桜が、高価な着物を普段着として着ていられたのだ。小物だって、箱一つに収まらない。

それを全て、買い戻したと鬼灯は言う。

もっとも、と鬼灯は眉をひそめた。

「石戸家が売らなかったもの——。例えば日記、本、売値のつかない思い出の品などは、見つけられなかったのだが」

「そういったものは、母が亡くなると同時に、冷泉家の人たちが持って行ったと父が言っていました。石戸家にはないと思います」

「そうか。ならば今手に入るお前の母のものは、あれが全部だ」

全部だと。全てだと。易々とそう言ってのける鬼灯の言葉に、小夜は目の奥がつんとなるのを感じた。

「き、昨日で、涙は全部出しきったと思いましたのに……」

「一晩で悲しみが全てなくなるものか。だがそれは、嬉し涙だと言ってくれるよな？」

小夜は夢中で頷いた。鬼灯は嬉しそうに笑う。

「俺にできるのは、金に物を言わせることくらいだからな。小夜が嬉しいなら、俺も嬉しい」

一筋の涙を流しながら微笑む小夜の頬を撫でながら、

「俺は親らしい親がいなかったから、お前の母に対する気持ちを、完全に理解してやれないのが歯がゆいな」

「人間同士だって、互いの気持ちを完全に理解することなどできません。私は、鬼灯様が、私に寄り添おうとして下さったこと、そのためにお忙しい中、お心を砕いて下さったことが嬉しいのです」

小夜は自分の部屋にずらりと並んでいた数十着の着物たちを思い出す。衣桁《いこう》につるしきれず、たとう紙に包まれたままのものがほとんどだった。

着物たちは、母の思い出を小鳥のようにさえずっていたから、小夜は一目見ただけですぐに分かった。

けれど鬼灯にとって、人間の、しかも女ものの着物を判別することは難しかっただろう。石戸家の記録と突き合わせ、地道に着物を捜し続けてくれたに違いない。

「たくさんの着物を、根気強く捜すのは大変でしたでしょう」

「なに、猩々の力を借りている。地道な作業は嫌いではないし、それに――」

鬼灯は自慢げに笑った。

「小夜の喜ぶ顔が見られるのなら、どんな労も厭わんよ」

「――っ、ありがとうございます」

小夜はこの瞬間ほど、母がいてくれたらと思ったことはなかった。

あなたが大切に育ててくれた娘は、火の神様にこう言ってもらえる存在に育っています、と報告したかった。けれどそれは叶わなくて、だからずっと寂しさが残る。

不思議なことに、こうして幸せを感じる時ほど、母の不在を強く感じる。

でもきっとそれは、決して不幸なことではないのだろうと、今の小夜は思えた。

ただ、どうしようもない寂しさだけが、胸の深いところに留まり続けている。

＊

真夜中の火蔵御殿に、主が帰って来る。

鬼灯は帰宅するなり、疲労の色濃いため息をついた。

それを聞きつけた牡丹が、あらあらと出迎える。

「随分と遅いお帰りでしたね」

「小夜は？」

「鬼灯様をお出迎えすると仰っていましたが、私が寝かしつけましたわ。春の神様の着物についてずっと考えていらしたみたいで、疲れていたようでしたので」

「それでいい」

「華燭の典の件でお出かけなさったんですよね？　そんなに疲れていらっしゃるということは……」

牡丹は鬼灯の外套《がいとう》を受け取りながら、意味ありげな声で言った。

「やっぱりおもてになる男神は違いますわねえ？」

「……どこで聞いた」

「からすの情報網を甘く見ないことですわね。小夜様にはもちろん申し上げておりませんけれど――。火の神人気が高いことくらい、とっくにお見通しです」

途端に鬼灯はげんなりしたような顔になった。

「俺の外見がまともになった途端、秋波を送られることが増えた。男女問わずだ。宵町では話しかけられぬよう心掛けているし、火蔵御殿に届く文も全て焼き払っているが、連中の執念深さにはお手上げだ」

今回の外出も、春の神の華燭の典に必要な資材を仕入れに行っていたのだが、その道行きで色々と声をかけられた。

無論、色恋沙汰だけではない。火の神と知り合いになりたい見栄《みえ》っ張《ぱ》りや、清らかな娘を花嫁にした火の神への嫉妬心から声をかける神もいる。

鬼灯は、そのような野次馬連中に絡まれることが増えたのだ。

厨《くりや》で、立ちながら水を飲む鬼灯を見て、牡丹は呟く。

「それら全てを、小夜様に悟らせないのは、さすがと言うか何と言うか」

「嫌われたくないんだ。あれが俺から離れていくような可能性は、どんなに小さなものでも潰しておきたい」

どこか憑《つ》き物《もの》が落ちたような顔をしている鬼灯を見、牡丹は鬼灯の本気を悟る。

彼女の表情から笑みが消えた。

「なら、念のためにお聞かせ下さいな。――小夜様を精霊に召し上げることは、お考えなのですか」

鬼灯は答えない。

精霊に召し上げる。それは神が特に気に入った巫に行う行為だ。

一番の目的は寿命を延ばすこと。人間はせいぜい五、六十年しか生きられないが、精霊となることで気の性質が変わり、寿命が百五十年ほどに延びるのだ。

「例えば本の神、扇様。入江様という巫を精霊に召し上げるつもりのようです。もっとも、扇様が知恵の神様の跡継ぎにならないと、精霊にはならない、と入江様が交換条件を出されているようですが」

「あそこの力関係も不思議だ。扇があれほど尻に敷かれているのは珍しい。それに、入江という巫は扇の行動を全て把握しているようだった」

「あら、それなら精霊に召し上げるのも理解できますわね。なんでも、精霊に召し上げるというのは、とても神気を使う術だというではありませんか？　誰にでも使えるものではないのでしょう」

「それに、精霊に召し上げた後、人の身に戻すことは不可能だ。よくよく考えねばな」

その答えに、牡丹は微かに表情を和らげた。

「小夜様と一緒にいたいがために、無理やり精霊に召し上げよう、とは考えてはいらっしゃらないわけですね」

「当然だ。そう考える神もいるのは知っているが、小夜は俺の所有物ではない」

「当たり前です！ なら良かった。私ね、鬼灯様が色惚《いろぼ》けして、小夜様のお心をないがしろにしてしまうのではないかと思っていたのですよ」

「無礼な奴め」

鬼灯は苦笑する。牡丹が火の神にずけずけと物を言うのはいつものことだ。

だが牡丹は艶《あで》やかな笑みの中、鋭い視線を鬼灯に向ける。

「そんなことがあろうものなら私、たとえ鬼灯様に一瞬で燃やされると分かっていても、歯向かう所存でございます」

一瞬の沈黙。

鬼灯は穏やかな笑みを浮かべた。

「分かっているよ。お前のような忠義者がいて、小夜は幸せだな」

「それ、鬼灯様に言われてもちっとも嬉しくないです。どうせなら小夜様の、あの可愛らしい声で言って欲しいものですね」

強欲な付喪神の言葉に、鬼灯は再び苦笑を浮かべた。

＊

鬼灯の姿は宵町にあった。

以前のように醜い姿ではなくなったものの、衆目を集めることは好きではなく、頭巾を被って足早に進む。

しかし火の神の神気は漏れ出てしまうもので、興奮を押し隠して囁きかわすあやかしたちの声が聞こえてくる。鬼灯はため息をついた。

途中でいくつかの材料を調達するために、古物商へ足を運ぶ。

どこか湿った薄暗い店内で、品物を選んでいると、店主の気配が消えたことに気づいた。

辺りを見回す鬼灯の前に、ぱっと夕顔の花が咲いた。

「ばあ」

おどけた様子で現れたのは、白磁の肌に金色の髪を持つ少年だった。蠱惑的《こわくてき》な紫色の瞳が、じいっと、絡みつくように鬼灯を見つめる。

「ほんとうだ、天照様の呪いが消えてら。片目っきゃないけど、太陽みたいにぎらぎら輝く良い目をしてるね」

「お前は……花の神か」

「そう。初めて会うね」

にこ、と笑った花の神は、女物の白い浴衣を纏っていた。足がかなり見えているが、下品な印象は全く受けない。野を走り回る鹿のように、のびのびとした肢体だからだろうか。それとも、全身から香るかぐわしい花のにおいのせいだろうか。

「夜の神との一件、聞いたよ。花嫁が厄介なことに巻き込まれて、災難だったね」

「まあな」

短く答えた鬼灯は、ゆっくりと周囲を窺った。

「そんなに警戒しなくても。ちょっと結界を張っただけだよ。嫌ならさっさと破って出てけばいいだけの話」

「……そうしたらお前が傷つくだろう」

花の神は驚いたように目を見開いた。

張られている結界は、花の神の肉体と紐づいているものだった。その分強力なのだが、無理やり破られると、花の神も傷ついてしまう。

「うわ、火の神が他の神の心配をするなんて。凄いね、呪いはあなたの心根も変えてしまったんだ」

「誰がお前の心配などするか。お前の巫は冷泉家だろう。今お前を傷つければ、その冷泉家に争いの種をくれてやることになる。それを避けたいだけだ」

　で、と鬼灯は疲れたように花の神を見下ろした。

「お前は何の目的で俺に接触したんだ」

「ええとね、色仕掛け」

「色仕掛け」

　予想外の言葉に、鬼灯はただ鸚鵡返《おうむがえ》しすることしかできなかった。花の神は手を後ろに回し、上目遣いで鬼灯の顔を覗き込む。

「俺さ、あなたみたいな強い神に会うことって、あんまりないんだよね。俺自身が会うのを避けているからなんだけど」

「だろうな」

「だからそういう強い神を味見してみたいな、と思ったんだよ」

　鬼灯は長いため息をついた。

「……冷泉家の差し金か？」

「ううん。ただ俺が禁欲的な妻帯者が好きなだけだよ」

「なお悪いじゃないか！」

「そうかな？　古今東西、神って横取りが好きな生き物でしょ。人の物は良く見えるものだし、それにたった一人の人間に操立てするなんて、神としてちょっと威厳がなさすぎると思わない？」

「威厳など、のしをつけてくれてやりたいくらいだよ」

「俺も、できることならもらってあげたいよ」

そう言って花の神はするりと体を寄せてきた。鬼灯の体に細いつるが巻き付いてきたかと思うと、紫色の鉄線が静かに花開いてゆく。

「威厳がないから、こういうことをするんだ。でもそう悪いことばかりでもない。花というものは、人の手によってより大きく、かぐわしく咲くことができるのだから」

濃厚な甘い匂いが漂い始める。何の花の香りだろうと、嗅覚に集中してしまうと、もうだめだ。つたに搦《から》め捕《と》られる枝の如く、気力を乗っ取られてしまう。

「今だけあの子のことは忘れておしまいな」

甘い声が囁く。鬼灯は不機嫌そうな唸り声を上げた。

「どいつもこいつも、なめやがって」

絡みついた花が青い炎に包まれ、塵《ちり》となって消える。花の神は痛みに顔をしかめていたが、不敵に笑っていた。

「んん、調子が戻って来たね、火の神。なるほど、これが火の神の炎の味か。もっと本気を出してくれてもいいんだけど」

「この程度で俺がなびくと侮られているのも業腹だし、お前ごときに俺と小夜の間に亀裂を入れられると思われているのも腹が立つし、ついでに言えばお前程度に本気を出せば大人げないと方々《ほうぼう》から叱られてしまう」

「あっは、むかつく。ねえ、小夜とかいう娘って、そんなに良いの？」

花の神は首を傾げた。細く白いうなじに、金色のおくれ毛がはらりと落ちる。

「物作りを司《つかさど》る火の神様。あなたはきっとたくさんの美しいものを見てきたはずだ。人の手になるもの、自然の織り成すもの、違いはあれどたくさん。あなたの審美眼は相当鍛え上げられているはず」

鬼灯は軽く顎を上げ、花の神の言葉を促す。

「だのになぜ、あんな娘にそれほど執着するのかな。美しいことは認めるし、ちょっとお目にかかれない清浄な気を持っていることも知っている。結構珍しい異能も持ってるんでしょ？　だけど、言ってしまえば『それだけ』だ」

「そうだな」

煽るつもりで口にした言葉を、肯定されると思っていなかった花の神は、呆気にとられたように鬼灯を見返す。鬼灯は傲然と睨み返して言った。

「勘違いするな。小夜は、お前が『それだけ』などと言って良い相手ではない。――俺が同意したのは、小夜は全ての頂点ではないというところだ」

美しさで言うなら、妖狐の鈴蘭を評価する者の方が多いだろう。

清浄な気というのも、小夜より勝っている巫は、少ないものの存在する。清めの力は珍しい異能だが、世の中にはもっと希少価値の高い異能もあるという。

「もっと『価値の高い』娘は、この広い世界のどこかにはいるだろう。けれど、あの時、あの瞬間、猩々の屋敷にいたのは小夜だけだった」

「……なんだあ、それってつまり、ただの偶然じゃないか。もっと運命的なものを期待してたのに」

花の神はつまらなそうに唇を尖らせる。

だが鬼灯は、しごく楽しそうに笑う。

「始まりは偶然だった。けれどそこから俺たちは時を重ね、名実ともに夫婦となった」

「名実？」

「俺の妻は、最初の方は掃除人だと言い張って聞かなくてなぁ。あの謙虚さがいつまでも抜けなくて、そこが焦《じ》れったいが、愛らしい」

「ん？」

「小夜のおかげで俺は、かいがいしく世話を焼く喜びを知った。誰かに作ってもらう夜食の旨さも、二人で見る夕日の切なさも、世界が終わったかと思うほどの絶望も、世界が俺のために回っているのだと思うほどの幸福も、全て小夜が教えてくれた」

「ちょっと、ねえ」

「もちろん、俺が小夜に与えたものもある。ささやかではあるがな。そうして俺たちは共に困難を乗り越え、ここまできた。今の俺たちは、その時間と、与え与えられの関係を抜きにしては語れない」

「あーもう」

「経緯を無視して、今の小夜だけを見てみれば、なるほど確かに『それだけ』の娘だろう。だが小夜は俺にとって、かけがえのない、価値のつけられない相手なのだ。小夜の方から俺との結びつきを断つならばいざ知らず、俺の方からあの娘を手放すことはないと断言する」

神が本気で口にした言葉は力を持つ。鬼灯が「ない」と言い切った瞬間、花の神の目的が達せられる道はなくなった。

花の神は天井を仰ぎ、

「誰がのろけろって言ったよ。無駄足にもほどがあるってこんなの。引き受けるんじゃなかったなあ」

「やはり冷泉家の差し金か」

「半分はね。半分は本当に純粋に興味があって声かけた」

けろっと言ってのけた花の神は、もう一度鬼灯の顔をまじまじと見つめた。

すみれ色の高貴な眼差しは、よくよく見れば邪心がない。子どものような、あるい

い方向で」

「あーあ、せっかくこんなに見目の良い男神なのに、人間のものになっちまうなんてつまんないや。また呪われたりする予定とか、ない？　できれば見た目には影響しない方向で」

縁起でもないことを言う花の神に、さしもの鬼灯も苦笑するしかない。

「もう呪いは勘弁だ。それに、呪われたら小夜が清めてくれる」

「ちくしょう、最後までのろけられた。何なんだよこの仕事」

「冷泉家の巫に仕えられている以上、断れなかったか」

「まあね。俺って有名だけど、強い神ってわけじゃないから、あの人たち抜きには存在できない。そこのところ、結構足下見られているふしはあるけど——。でもだからって、俺はあの家から離れるつもりはないよ」

花の神はどこまでもからりとした様子で続ける。

「野の花は綺麗だけど、小さくて慎ましやかだ。だけど人間の手が入った花——朝顔や薔薇なんかは、派手で目を引く美しさだろ？　俺はそういう神でありたい」

「だから冷泉家の力を借りると」

「あなたには理解できないかもしれないけれどね。ありたい自分を守るためには、折り合いをつけなきゃいけないことってのがあるのさ」

それが花の神の矜持なのだろう。

鬼灯は少し考え込むように顎に手をやって、頷いた。

「自分の好みよりも、利益を優先する——。きっとそうなのだろうとは思っていたが、お前のその割り切り方は、嫌いではない。俺たち神には、求められている姿というものがあるからな」

「そうそう、火の神が覇気のない性格だったらつまらないし、花の神がいじけた根暗じゃあ、巫も太歳界の連中も面白くないだろ」

花の神は明るい声で、

「それに、冷泉家って言うほど悪くないぜ？　貢物もほいほいくれるし、俺の我がままを聞いてくれるし。最近、もう少し神っぽいことしてやろうかなって思うくらい」

と言い残すと、軽やかな足取りで店を出て行った。

＊

あの牡丹が、珍しく顔を青くして、春の神を見ていた。

「あっ、あのっ、浩一郎様？　あのお買い物ぶりは凄まじいですけれど、その、お財布の残弾の方は足りますよね……!?」

「はははははは。貯金は同年代の男に比べてある方だとは思っていたが、あの蕩尽《とうじん》ぶりに太刀打ちできるかどうか。ははははは……」

心なしか口元を引きつらせて浩一郎が答える。

ここは春の神の屋敷だ。暖かく、思わずうつらうつらしてしまうようなけだるい空気が流れ、女性のくすくす笑いが聞こえる穏やかな家なのだが、今日ばかりは戦場である。

それもそのはず、妖狐の鈴蘭が、大量の洋服と着物を抱えてやって来ていたからである。目的はもちろん、華燭の典の準備のためだ。

「この帯もいるわね、あとこの螺鈿の帯留めも、何かあった時のために頂くわ」

「ありがとうございます。花嫁衣装は如何《いか》にいたしましょう」

「うーん、やっぱり花嫁は紅白よねえ！　と言ってもこの赤の選び方が問題よ小夜、私の髪の色からいって唐紅《からくれない》か薔薇が良いと思うのだけれど、真紅も捨てがたいしざくろ色もハイカラよね！」

「は、はいっ」

小夜は鏡の前に立つ春の神の体に、様々な反物をあてがう。いずれも超高級品だが、春の神の試着の慌ただしさの前に、それらを扱うことへの緊張はとっくに消え去っていた。

鈴蘭は容赦なく高級品を薦めるので、値段をちらりと見るたびに震えが走る。思わず伯父の方を見ると、浩一郎は全てを諦めたような目をしていた。

「しかし人間と結婚なさるとは。春の神様も大胆なことをなさいます」

「たまには縛られるのも良いかなと思ったの」

「縛られるのが嫌で、お名前も持たない春の神様ですのに。宗旨替えをなさるくらい、あの人間に惚れこまれたのですねぇ」

このやり取りを聞いた小夜が、試着の着付けを手伝いながら、春の神に尋ねる。

「本の神様は扇様というお名前をお持ちですが、春の神様はそういったお名前をお持ちでないのですね」

「名前は私を縛って、地面に縫い留めてしまうから嫌なの。でも、結婚するなら名前がないと不便かしら。契約だものね」

浩一郎は優しくかぶりを振る。

「いえ、今まで名を持たずにいたのですから、どうかそのままで」

「でも縛られたいわ。あなたに」

「熱烈な口説き文句だ。春とは名ばかりですな。しかしより相応しい名が思いつかない朴念仁ですので、どうかそのままでいて下さい」

「上手にはぐらかすのね」

「恐れ入ります」

夫婦というよりは主従の会話だが、これでも春の神はくだけた話し方をしている方だ。通常の巫は、少しでも相手の機嫌を損ねないよう、細心の注意を払うものだ。例えば夜の神を相手にするように。

鈴蘭は春の神が買った品物を、従者に丁寧に包ませながら問う。

「華燭の典はどちらで挙げられるのですか？」

「火の神が今場所を探しているところよ。良い方角で執り行うとか言っていたけど、どうなのかしら浩一郎」

「春の神様はお知り合いが多く、招待客となる神や精霊は百を超えます。冷泉家を始め、巫の名家もそれなりに招待する予定ですので、大人数が入る場所になるでしょうね」

「やっぱり私の屋敷の庭が一番良いかしらねえ。準備もしやすいし、何かあった時に対応しやすいし」

さようでございますか、と頷く鈴蘭は、浩一郎と春の神が並んでいるところをしげしげと眺めた。

「何だか不思議などご夫婦ですわね。妙なところで均整がとれているのに、夫婦らしい馴《な》れ馴《な》れしさがあまりなくて、よそよそしいというか……」

鈴蘭は鋭い。浩一郎は、これが己の利益に基づく、いわゆる契約結婚であることを伏せたがっていた。浩一郎側の事情を人に明かすことができないということもあるが、春の神の体面を守るためでもある。

するとの春の神は、浩一郎の腕にぎゅっと抱き着いた。太い腕に小さな頭を寄りかからせると、上目遣いに夫を見上げる。

「あまり最初から馴れ馴れしくすると、嫌われてしまうかもしれないと思ったの。でも、こうした方があなたのお好みかしら」

「……そうですね。夫婦ですから、このくらいの触れ合いは当然だ」

そう言って浩一郎が春の神の手を握る。軍人の、節くれだった手が、苦労を知らない真っ白な手をすっぽりと覆い隠す。

すると、春の神の頬が微かに赤く染まった。薔薇も恥じらうようなそのかんばせに、小夜は思わず見とれてしまう。

美しいのだ、とても。

もちろん、春の神は元から整った顔をしている。雪のごとく白い肌に、紅を引かずとも赤い唇や、大きくて杏仁《きょうにん》形の瞳は、太歳界の女性の羨望の的である。

彼女の美しさは、いつも自然体で、自分らしくあるところからも生まれている。風にそよぐ柳のように、奔放で、無理がない。

そんな春の神だからこそ、一人の人間に翻弄される姿が、初恋を知った娘のようで、愛くるしいと思ってしまったのだ。

こうして、春の神が選んだ反物を、鈴蘭の部下が術で仕立てることになった。代金を見て青ざめる浩一郎と、どこか上機嫌で、華燭の典のためにやらねばならないことを数え上げる春の神。そんな新婚夫婦を微笑ましく見つめる小夜の横に、鈴蘭が音もなく立った。

「小夜様は、先達として何かご助言することはございませんの？」

「助言など！　おこがましいことです」

「まあ。鬼灯様と小夜様に並ぶおしどり夫婦などいませんのに。先日も鬼灯様は、花の神様をすげなくお断りされたとか」

遠くの方で小物の片づけを手伝っていた牡丹が、何かに気づいたような顔になる。けれど忠実なからすよりも先に、鈴蘭が艶美な笑みと共に告げてしまった。

「呪いの解けた鬼灯様は、あの通りの美しさ。太歳界では、あの方に言い寄る神や精霊が少なくありませんのよ。花の神様も、こっそりと誘惑しにかかったようで、鬼灯様と店で二人っきりになったという噂が流れております」

「誘惑ですか……？」

「あら、ご存じでないのですか？　鬼灯様は、肝心なことは奥方様には仰らない方針なのかしら……？」

小夜は花の神のことを知らない。けれど花を統《す》べる神なのだから、人間など足下にも及ばないほど美しいのだろうと思う。

そんな神と店で二人きりになったことを、鬼灯は小夜に言わなかった。それどころか、言い寄られているということも、微塵《みじん》も悟らせなかった。

言わなかった。悟らせなかった。それが鬼灯の望みであり、小夜に見せたい姿なのだとすれば、小夜は鬼灯の意思に倣うのみだ。

「鬼灯様は私を大切にして下さいますから。きっと、心配をかけまいと配慮して、言わないでいたのでしょう」

「隠し事は浮気の第一歩と言いますが」

「鬼灯様でしたら、いくらでも浮名を流せるのだと思いますが、それでも私を慮《おもんぱか》って下さると思います。それがどういう形になるかは分かりませんが」

ようやくやって来た牡丹が、ふふん、と得意げに鈴蘭の顔を見やる。

「どういう魂胆か存じ上げませんけれど、鬼灯様と小夜様は、お互いに深くふかあく結びついていらっしゃるのです。そのような疑心暗鬼を誘うお言葉に、引き裂かれるような仲ではありません」

「ま、残念。ここでお二方の仲を引き裂けば、冷泉家に恩の一つでも売れるかと思いましたのに」

冷泉家という言葉に、小夜の表情が引き締まる。

「もしかして勇次郎伯父様は、鬼灯様に何か嫌なことを仰ったのかしら」

「いえ、ただ花の神を遣わしただけのようですよ？　色仕掛けで鬼灯様の心を奪い、小夜様と距離を置かせる作戦だったのではないかと愚考しますが……」

鈴蘭は、ぞっとするほど美しい笑みを浮かべて言った。

「その際の鬼灯様のお言葉を聞く限り、全くの無駄骨――それどころか、敵を利するようなものでしたわねえ」

「鬼灯様は、何と仰ったのですか？」

小夜が尋ねると、鈴蘭は焦らすように、小夜の帯留めの位置を直した。小夜啼き鳥《さよなどり》の帯留めは、いつかの晩に、小夜が鬼灯に思いを告げた時のもの。

「小夜様について、もっと『価値の高い』娘は、この広い世界のどこかにはいるだろう、と仰っていましたわ」

「まーっ！　鬼灯様ったら呪いを清めてもらった恩も忘れて何てことを！　あのぼんくら火の神！」

絶叫する牡丹。

「本題はここからですわよ、騒がしいからすちゃん。その後に鬼灯様はこう仰ったそうです。俺たちは共に困難を乗り越え、ここまできた。今の俺たちは、その時間と、与え与えられの関係を抜きにしては語れない。小夜は俺にとって、かけがえのない、価値のつけられない相手なのだ」

「……鬼灯様」

「そして最後には、俺の方からあの娘を手放すことはないと断言する、とまで仰ったそうですわよ。妬《や》けますわね」

きゃっと嬉しそうな悲鳴を上げたのは牡丹、ではなく、いつの間にか話を聞いていた春の神だった。

「火の神は本当にいけ好かないけど、過程を大切にするところは嫌いじゃないわ。しかも手放すことはないと断言するだなんて言い切って！　神の言葉には神気が宿って、本当になるのよ……ってあら？　小夜ってばお顔が真っ赤」

「さ、さすがに、ここまで仰って頂けるとは思ってもみなかったものですから……！」

「うふふ。もう結婚して一年が経つのでしょ？　初々しくて可愛らしいわねえ」

先程まで初々しいと思っていた春の神に、全く同じことを言われて更に赤面する小夜であった。

肝が冷えるような会計を済ませた浩一郎が、妻と姪が仲睦まじくやり取りしているのを微笑ましく見つめつつ、鈴蘭に言う。

「さすがは敏腕店主でいらっしゃる。花の神様と火の神様の間のみで交わされていたはずの会話を、そこまで詳しく盗み聞きされていたとは」

「あら、人聞きの悪いことを仰いますのね。そこの店主が『たまたま』品出しをしようとしたら『偶然』話が聞こえてしまったというだけのお話ですわよ」

「その偶然だらけのお話を、一体いくらで買い取られたのやら」

鈴蘭は微笑むばかりで答えない。

「ふむ。では質問を変えましょう。どうしてその会話の内容を、小夜に教えて下さったのですか？」

「普段なら教えませんが、今回ばかりはご祝儀代わりに教えて差し上げましょうか。小夜様の、鬼灯様を信じていらっしゃるあの目。……私はあれに弱いのです。静かな湖、夜明けの空にも似て、しんと静まり返っている。けれどそこには、脈々と流れる熱い感情があるのです」

「詩人ですな」

「小夜様が私をそうさせるのです。あの娘は……どこか、あの人に似ている」

呟いた鈴蘭は、あの人とは誰なのかを問う暇を浩一郎に与えなかった。さあ、と晴れやかな声を出して、仕切り直しを行う。

「春の神様にはこれからたくさん決めなければならないことがあるのです。我々『ぐりざいゆ』の者は、ここで失礼させて頂きます。また何かご入用のものがございましたら、遠慮なくお申し付け下さいな」

「ええ、ありがとう鈴蘭。良い買い物ができました。招待状を送るから、是非華燭の典にはいらしてね」

怖いものなど何もない顔で春の神は微笑んだ。

六章　ふたりの絆

勇次郎は、父である俊太郎の目をまともに見ることができなかった。

「浩一郎は軍人ゆえ、名刀を持たせてやるのが良いだろう。だがまずは火の神様にお伺いせねばならないな。いかなる華燭の典となるか……。ああ、そもそもこちらは何人招待すれば良いか。浩一郎と話して整理しなければな」

どこか浮かれた様子の俊太郎は、布団の上に起き上がって、従者に色々と言いつけている。その仕事は勇次郎がやると言ったのだが、俊太郎は手放そうとしなかった。

数々の縁談を断ってきた浩一郎が、春の神と結婚することにした、と俊太郎に報告してから、二週間が経とうとしていた。

最初は冗談だと思っていた俊太郎たちだったが、春の神が挨拶に来たことで、状況が一変した。

浩一郎は春の神を娶《めと》るのだ。巫になるのではなく、妻にするのだ。

つまりそれは、春の神は冷泉家の言いなりも同然、ということである。

巫として仕えることとは訳が違う。

冷泉家の面々は色めき立った。浩一郎は、自分が春の神の屋敷に住み込むし、冷泉家の事情を押し付けるつもりはないと念押ししたが、聞く耳を持たない。嫁になるということは、冷泉家のものになる覚悟があるに決まっているからだ。

実家のそういうところがたまらなく嫌で、浩一郎は軍隊に入ったのだと、誰も気づかない。実の親である俊太郎でさえも。

勇次郎は、部屋に灯した蠟燭《ろうそく》を見つめてぼんやりとしている。電気は引かれているのだが、考え事をする時、勇次郎は薄暗い状態を好んだ。

「神を妻とするなんて、冷泉家の誰も成し遂げなかった偉業だ。次期後継者は浩一郎兄さんでほぼ決まりだろうな」

「でも、本人は跡を継ぐ気はないと言ってるんですよね」

伊吹の言葉に、勇次郎は首を横に振る。

「本人の意思は関係ない。冷泉家の当主に相応しいものを持っている、だから次の当主は浩一郎兄さんになる」

「今までずっと軍で刀振り回してた男が、家の舵取りをする？　正気の沙汰じゃありません、あの男は事業内容や冷泉家の投資状況のことを、ちゃんと理解してるんですか」

「だから、そういうのは関係ないって言ってるだろう！」

叫んだ勇次郎は、気まずさに唇を噛む。伊吹は怯むことなく言い募る。

「ずっと家のことをやってきたのは主様じゃないですか。なのにぽっと出の軍人に全部持っていかれるなど、伊吹は納得がいきません」

「お前が納得するかどうかはもっと関係ない。もう決まった。兄さんが当主だ。ああもちろん、結婚が破談になれば、まだ僕の勝ちの目もあるだろうけど」

冗談交じりの勇次郎の言葉に、伊吹は真面目な顔で頷いた。

「じゃあそうしましょう」

「え？」

「破談にさせましょう。ついでに主様が春の神様の夫になればなお良いですけど、あの惚れ込みようでは難しいかもですね。それに春の神様は、弱くはないけど強くもないです。豊玉姫様を始めとした、有力な神々との繋がりは捨てがたいですが」

「お前、簡単に言うが、そんなこと……」

「伊吹は悔しいのです」

いつも飄々《ひょうひょう》としている精霊の、絞り出すような声に、勇次郎ははっとなった。

伊吹の目は怒りに燃えていた。その怒りは黒緋色《くろあけいろ》として勇次郎の目を打つ。

「主様が家を維持するために、寝る間も惜しんで仕事をされていたこと、伊吹は知っています。嫌なことも我慢して、好きなことを諦めて、そうしたのは全部冷泉家のためでしょう。冷泉家を牛耳るためでしょう！　その先にある目的を達成するために！」

「伊吹……」

「大体、小夜様と火の神様を引き裂くために、花の神様を送り込んだあなたが、この程度で弱腰になってどうします。婚姻関係は、華燭の典で人々の前で誓いを交わすまでは確定しません。それまでにどうにかするのです」

長く傍においていた精霊からの、思いもかけぬ激励。勇次郎は一瞬呆気にとられた様子だったが、すぐににやりと笑う。

「侮るなよ伊吹。誰がこのまま諦めるか」

「主様……！」

「僕は、浩一郎兄さんが当主になった後、上手く彼を操ってやろうと考えていたんだよ。冷泉家のことなんか何も分かっていない、だからこそ僕がつけ入る隙もある」

とは言え、と勇次郎は唇をなぞるように指を当て、

「浩一郎兄さんの、跡継ぎとしての資質に疑問を抱かせるというのは、悪い手じゃない。冷泉家の人間は兄さんの人となりをあまり知らないし『愚鈍な軍人』という印象を与えられればとても良い」

「それは良いですね。春の神様も幻滅して、結婚が破談ということにもなるかも」

「あの惚れ込みようでは、あばたもえくぼだろうが……。やってみる価値はある。お前の言う通り、まだ婚姻は確定していないのだからな」

強く頷く伊吹。

「その上で小夜様を手に入れられれば尚《なお》よし、ですね」

「小夜については、もっと長期的に見ていく必要があるだろう。火の神の溺愛ぶりは手に負えん。母熊から子熊を奪う方がもっと簡単だぞ」

「子熊を奪うくらいなら、伊吹は半刻でできますよ」

「だろうな。――今の火の神を打ち倒すことはできまいが、あの好感度の高さは少し面倒だ。ここらで少し評判を下げておこうか……おい伊吹、何を笑っている」

「いいえ。主様はいつも真正面から戦えなくて、裏でこそこそ糸を引くしかできないなあ、と思っているのですよ」

主に対して無礼ともとれる発言。けれど勇次郎はくつくつと笑うだけだ。

「真正面から戦うなど神々のすることだ。弱者には弱者なりの戦略があると、火の神も思い知るがいい」

気迫を込めて言うと、蠟燭の火がぐらりと揺らいだ。

＊

春の神は浮かれた様子で浩一郎の腕を取る。

「華燭の典の準備って大変なのね。招待状を作って送って、席順を決めて、儀式に使う様々な神器を手配して……」

「それに加えて春の神様は、十着以上の衣装を手配しなければならないのでしょう。それも全て最高級の品でなければならない」

「小夜に清めてもらう必要があるから、早めに仕立ててもらわないとね。行燈蟲《あんどんむし》の鳴き声で染めた反物を使いたいから、それだけはどうしても仕立てが遅くなってしまうけれど」

「あんどんむし、ですか。それはその、厨などに出現する、黒光りするあの虫のことだったりしますか？」

「ええ？　違うわよ、行燈蟲は虫じゃなくて蛇のあやかし。その鳴き声を捕まえて布に染め抜くの」

「鳴き声を、捕まえる？」

「そのためには特別な器が必要なんだけどね。その器に向かって鳴き声を上げさせると、砂のようなものが付着するから、それを取って油に溶かすの」

「ほう。手間がかかっていることは分かります」

「その甲斐《かい》あって、とても綺麗な金色が出るのよ。お月様みたいに深い金色がね。もっとも、鳴き声を上げさせるためには、雌のふりをして求愛の踊りを踊らないといけないんだけど」

「それは、春の神様が行うので？」

「まさか。私の踊りは高いのよ？　蛇ごときに見せてやるものですか。旦那様なら別だけれど」

浩一郎はふっと微笑んだ。

「春の神様の舞ですか。ぜひ見てみたいものです。きっとこの世のものとは思えぬほど美しいのでしょうね」

「華燭の典で見せてあげる」

「巫ではなく、神自ら踊るのですか」

「式典の時はね」

袖を持ってひらりと一回転してみせる春の神。その動きに追随して翻る桃色の髪に、浩一郎は何気なく手を伸ばした。

滑らかな絹のごとき髪は、無骨な指をするりとすり抜ける。

「あなたが私の妻になるのですね」

独り言に近いその言葉に、春の神はにっこりと笑みを返す。

「そうよ。夫婦になるのよ。火の神と小夜みたいにね」

「ああ、あの二人の仲睦まじさは、想像以上でした。神が人間の娘を愛する時は、もっと……猫の子を可愛がるようなものかと」

「仰りたいことはよく分かるわ。火の神は、小夜のことを目に入れても痛くない程可愛がっているけれど、同時に一人の人間としても尊重している」

「はい。小夜の意思をいつも確認していました。信頼関係があるのでしょうね」

そう言って浩一郎は、春の神の金色の目を見た。

「私たちも、あのような信頼関係が築けるでしょうか」

「どうかしら。でも、どうせなら最善を尽くしましょ」

春の神は浩一郎に向き直り、両の手を取る。

「私たち、共同戦線を張るのよ。なぜってあなたのご実家……冷泉家は、私を骨の髄まで利用する気でしょうから」

「一度訪問しただけで、そこまでお見通しとは。ですが、あなたを利用させはしない。あの家での、骨肉相食《こつにくあいは》む争いにも巻き込まないよう、努力します」

「共同戦線と言ったでしょう、巻き込みなさい。そうしたらあなたは、私に対して罪悪感を抱くでしょ。その罪悪感に、私つけ込むの」

「つけ込む?」

「私をかわいそうに思うなら、離縁しないでずっと傍に置いておきなさい、って脅すのよ。もうあなたなしじゃ生きていられない憐《あわ》れな私を放っておく気? ってね」

片目をつむってみせた春の神は、浩一郎の両手を自分の頬に導く。

「初めてなの」

「何がですか?」

「一人の人間に対して、こんな気持ちを長く持てるのは、初めてなの」

浩一郎は苦笑する。長く、と言っても、春の神と出会ってからまだひと月ほどしか経っていない。

その笑みに含まれた意味を察知した春の神は、唇を尖らせて抗議する。

「そんなお顔をなさらないで。私が言っているのは、同じ熱量の気持ちを、こんなに長く持てるのは初めてってこと。私にとっての恋はいつも雷と同じで、一瞬ひどく心を打たれて、それでおしまいだった」

伏せた長いまつ毛が、桃のような頬を包む浩一郎の手に、微かな影を落としている。春の神からは、どこか優しい日向《ひなた》のようなにおいがした。

「けれどあなたに会ってから、ずっと嵐が吹き荒れているの。春の嵐よ。全部を巻き上げて、めちゃくちゃにしてしまうの」

「……それは、光栄です」

「分かっているの。あなたが同じ気持ちではないということを。でも、でもね、私諦めないわ。あなたを摑《つか》んだんだもの、これからどうなるかは、私の行動と選択次第。絶対に私のことを好きにさせてみせる」

上目遣いに浩一郎を見る春の神の目は、強い光を放っている。

媚びるのでも甘えるのでもない、決意に満ちた瞳は、きらきらと輝いて春の神の美しい顔を彩っている。

だから、浩一郎は息をのんだ。その瞬間初めて、まともに春の神を見たような気がした。霞《かすみ》に覆われてなかなか全貌がうかがえなかった、かの神を。

節くれだった親指が、春の神の頰を微かに撫でる。かさついた指先が、この柔らかな神の皮膚に傷をつけないことを、浩一郎は願った。

＊

鬼灯はもう半刻ほど、ひじきの煮物を食べ続けている。

設計図を見ながら食事をとるという、牡丹に言わせれば「夕餉をこしらえている小夜様への感謝ってもんがない」行為だ。

ひじきを一本ずつつまみ、口に運ぶ。その行為は、鬼灯の意識には上っていないのだろう。

設計図を見ながら、どうすればより良いものができるか、そればかり考えている。そんな風に食事をしているせいで、鬼灯が全ての食事を平らげたのは、随分と時間が経った後だった。口に入れる物がなくなったところで、鬼灯の集中力も切れたのだろう、はっとしたように顔を上げる。

そこには、静かに番茶をすっている小夜がいる。もちろん、彼女は食事などとっくに済ませていた。嫌な予感がした鬼灯は、自分の懐中時計を覗いて愕然《がくぜん》とする。

「……もう夜中じゃないか！　すまない、全く気づかなかった」

「いいえ。お湯は使われますか、鬼灯様」

「俺は良いよ、お前こそ湯は使ったのか。飯は食ったか。くそ、仕事に没頭すると周りが見えなくなるのは、俺の悪い癖だ」

小さく微笑んだ小夜は、静かに鬼灯の横に腰かけた。

「ちっとも悪い癖なんかじゃありません。少なくとも私の前では、そのままの鬼灯様でいて下さい。お仕事、きっと佳境に入っていらっしゃるのでしょう」

「む……。そうやって甘やかすのは良くないぞ。癖になる」

「たまには甘やかさせて下さい。私の旦那様の悪いところは、全然世話を焼かせてくれないところですよ」

鬼灯は嬉しそうに笑うと、小夜をがばりと抱きしめた。子どもが子犬を可愛がるように頬をすり寄せて、小夜の匂いを胸いっぱいに嗅いでいる。

「あんなにゆっくりご飯を召し上がっていたら、食べ終わる頃にはお腹がすいてしまうのではないかと心配していたのです。水菓子でも召し上がりますか？　浩一郎伯父様から桃を頂いたのです」

「食う」

「今剝《む》きますね」

立ち上がる小夜だが、鬼灯は彼女を離さない。おんぶするように小夜の背後にくっついて、彼女の手元をじっと見ている。

あ、と開いた鬼灯の口に切り分けた果実を放り込むと、鬼灯は嬉しそうにもぐもぐと食べた。口の端から滴る果汁を、小夜が布巾で優しく拭ってやる。

「奉仕するのも楽しいが、初心に返って世話を焼いてもらうのも良いものだなあ」

「このくらいで大げさです、鬼灯様」

「このくらい？　とんでもない、俺にとっては得がたいことなのに」

鬼灯は小夜を膝に乗せると、ひな鳥のように無防備に口を開けて、桃を入れてもらうのを待っている。小夜はくすくす笑いながら、切った桃を口に入れてやった。

「――つまり、家族がいるということなんだ。仕事で疲れた俺に桃を剝いてくれたり、俺の仕事を応援したり手伝ってくれたり、火蔵の掃除をしてくれるというのは。俺は神になってから、自分が家族を持てる日が来るなんて、一度も思ったことはなかったんだから、何が起こるか分からんものだな」

「家族」

呟いてから小夜も柔らかく笑う。

「確かに、私にとってこんなにかけがえのない存在ができるとは、一年前は思ってもみませんでしたね」

「愛せる相手がいるというのは良いことだ。それに家族なら、気兼ねなくくだらない話ができるしな？」

「ふふ。確かに、茶柱が立ったことや、今日はなんだか眠くてだるい、なんていうことを気兼ねなくお喋りできるのは、鬼灯様と牡丹くらいです」

「出入りの八百屋は最近質が上がった、とかな。生活の細々《こまごま》したことを共にできる喜びが、婚姻なのだと俺は思うよ」

「春の神様と浩一郎伯父様も、そんな喜びを味わうのでしょうか」

「あの春の神が、人間と生活を共にするなど、いささか考えにくいがなぁ」

「鬼灯様は、まるで春の神様のお兄様のようですね」

何気なく言った言葉だったが、鬼灯にとっては的を射ていたようだ。しきりに頷いて、あれは出来の悪い妹だ、などと言っている。

その言葉を聞きながら、浩一郎と母・杏樹は、どんな兄妹だったのだろうと思う。そして、勇次郎は、母とどのような関係だったのだろう。浩一郎ほど仲が良くなかったように見えたが、それは幼い頃に何かあったからなのか、それとも元からなのか。

「勇次郎伯父様は、これからどうなさるおつもりなのでしょうか。だって、花の神様を鬼灯様に差し向けるなんて、あまりにも失礼で——あ」

「花の神の話を、誰から聞いた？」

あわわ、と小夜はうろたえる。話を聞いた相手を教えてしまえば、鬼灯の怒りが飛ぶかもしれない。もっとも鈴蘭は、そのくらいでどうにかなる相手ではないけれど。

答えあぐねている小夜を見、鬼灯は意地悪く笑う。

「まあ、何となく想像はつくがな。念のために言っておくが、花の神が俺を口説こうとしただけで、俺は指一本触れていないからな」

小夜は鬼灯のことを信じている。夫が指一本触れていないと言うのならば、そうなのだろうと思う。だから、気になることを、素直に口にした。

「花の神様……。お綺麗な方だったのでしょうね」

ところが、何気ないこの言葉が、なぜか鬼灯を焦《あせ》らせた。

「べ、別に大した神ではないぞ？　少年のなりをしていて、太歳界では中性的な美の持ち主だとか言われているが、目を惹くほどの神では」

「男神でいらっしゃるのですか！　存じ上げませんでした。中性的な美しさといいますと、五十年前の知恵の神様のような感じでしょうか」

「む、まあ、そうだが……」

「花というくらいですから、春の神様とはお親しいのでしょうか？　華燭の典にもお出ましになるのかしら」

「お……俺は、相手が男神だろうと女神だろうと、浮気はせんぞっ」

「はい？」

急に何を言うのだろうと小夜は首を傾げる。

「だからな、本当に花の神とは何もなかったのだ」

「はい、そうお伺いしました」

「そ、そうか。疑ってはいないのか？　こういう時は、本当は何かあったんじゃないですか、と問い詰めるものではないのか？」

「ええと、それでは……。『本当は何かあったんじゃないですか』？」

「ない！」

「ですよね？」

一体このやり取りは何なのだろうと小夜は首を傾げる。

「申し訳ございません、私何か勘違いをしていますでしょうか？　鬼灯様？　どうしてそんな、檸檬《レモン》を丸かじりした時のようなお顔をなさっているんですか？」

「……今、俺は自分の不甲斐なさを嚙みしめている」

「嚙みしめ……なぜですか？」

「まさか自分が、妻から嫉妬してもらえないほどの男だとは思ってもみなかった」

嫉妬。

全く予想していなかった言葉に、小夜はしばらく呆然としていた。

だが、肩を落とし悄然《しょうぜん》としている夫を見、慌てて言葉を探す。

「鬼灯様、あの、違うんです」

「慰めはいらん。甲斐性なしと笑え」

「そういうことではなく！　あの、だって、花の神様は、私などと比べてはいけないほどお美しくて、尊くて、かけがえのないお方なのだと思いますが——鬼灯様にとっては『それだけ』ですよね？」

鬼灯がはっと顔を上げた。

小夜の静かな瞳が、じっと鬼灯を見つめている。

「私たちは、猩々の皆様のお屋敷で出会いました。それからお義母《かあ》様や桜様のこと、豊玉姫様とのことがありましたね。この間は五十年前に飛ばされたり、色々あったりして、夜の神様の穢れを祓いました」

「ああ、そうだな」

「その経験は、私と鬼灯様だけのものです。花の神様はちっとも知りません」

「……うん」

「だから私は嫉妬する必要がないのです」

そう言ってから小夜は悪戯っぽく笑ってみせた。

「なんて、言いましたけど。実は、鬼灯様が花の神様に仰ったことを聞いてしまったのです。私を手放される気はないのですよね？　ずっとお傍に置いて下さるのですよね。答えを知ってしまった以上、嫉妬のふりをするのもおかしいかなと思いまして」

「嫉妬のふりでも俺は嬉しいぞ。だが、そこまで把握されていたのか。大方店主か店員が盗み聞きでもしていて、鈴蘭か牡丹辺りに流したか」

「情報源については秘匿いたします」

すました顔で言う小夜の脇腹を、鬼灯がにやにやしながら小突いた。

「花の神など敵ではないというような顔をしていたから、俺の花嫁はいつの間にこんな情熱的になったのかと思ったのになあ?」

「敵ではない⁉　そ、そんな不遜なこと、思ってもおりません」

「どうだか。嫉妬しないということはつまり、そういうことだろう？　花の神と張り合っても勝てると思っているわけだ」

「鬼灯様のことだけです。他のことは全て花の神様の方が勝っています」

慌ててつくろったその言葉を、鬼灯は心底嬉しそうに聞いていた。

なんだか気恥ずかしくなった小夜は、自分から鬼灯に抱き着く。そうすれば、自分の赤い顔も、鬼灯のにやにや顔も見なくて済む。

「……嫉妬して欲しかったんですか？」

「だってずるいだろう？　俺はお前の傍にいるもの全てに嫉妬しているのに」

「そんな必要ありませんのに」

「無論、俺の方が優れていると自負している。自負しているが、予想もつかない出会いをしてしまえば、どうしようもない」

「それは、春の神様のように？」

「ああ、春の神が浩一郎を見出したように」

小夜はしばらく考え、それから優しく鬼灯の背中を撫でた。

「その可能性を否定することはできませんが……。予想もつかない出会いがまだ私の人生に残されているのだとすれば、また鬼灯様としたいです」

「……ああ」

子どものように頷いて、鬼灯は小夜を抱きしめ返した。

七章　波乱だらけの華燭の典

花は盛り、草は青々とその葉を風にそよがせている。

天気は快晴。日向でじっとしていると、少し汗ばむほどの陽気のなか、春の神と冷泉浩一郎の華燭の典は行われる。

場所は春の神の屋敷の庭だ。鬼灯と猩々、そして春の神の共同製作である。

術で拡張されたそこは、舶来風の庭園になっていた。

従来の、岩や草木を山河に見立てるような形式の庭ではなく、芝生がずっと続く広場になっているため、広々として新鮮な印象を受けた。

背の低い植木が左右対称に広がっており、上空から見れば、丸やひし形などの形を描いているように見えるのだそうだ。

芝生の緑が、その上に翻る紅白の垂れ幕が、そして咲き誇る四季折々の花々が、晴れがましい雰囲気を醸し出している。

ここが招待客で埋まれば、きっと賑やかな雰囲気になるだろう。

いつもより格式ばった着物に身を包んだ牡丹が、嬉しそうに叫んだ。

「開放的な会場ですねえ！　お天気で本当に良うございました」

傍らに立っているのは小夜だ。母の形見である薄桃色の着物を纏っていた。菊の花に貝殻、てまりなどの吉祥があしらわれており、帯は鴛鴦《おしどり》の柄である。

「空の下というのは初めてね。式自体は、あちらのお舞台の上で行われるそうよ」

芝生が続く庭の先、大きな木の少し手前に、白木で作られた舞台があった。数十畳ほどもある広さで、何も置かれていない。

「まずは招待客の前に伯父様たちが挨拶にいらして、宴会をして、最後にあそこのお舞台で夫婦の宣誓をするそうよ」

「夫婦の宣誓ですか。小夜様と鬼灯様のお式も、あんな感じのところでした？」

小夜は懐かしさに目を細める。猩々の屋敷で、二人だけで挙げた華燭の典。あれが始まりだった。もっともあの頃は、花嫁というよりも、掃除人として働くことばかり考えていたけれど。

「あそこまで大きなお舞台ではなかったし、こういうお庭ではなかったけれどね。宣誓が終わったら、お二方がお庭にいらっしゃって、招待客の方々にご挨拶をして回られるそうよ」

「そこは舶来式なのですかね？」

「きっとそうね。あちこちに緋毛氈《ひもうせん》が敷かれているから、式が始まるまでは、そこで好きに飲んだり食べたりして良いそうよ」

「洋卓と椅子もありますよ。軽食と洋酒を軽くつまめるみたいですね」

興奮した様子で言った牡丹は、そういえば、と首を傾げる。

「今回は海軍の方々——つまり、浩一郎様の仕事関係の方は、招待されていないのですね」

「ええ。巫でなければ太歳界に入れるかどうかも怪しいし、神様がきちんと見えるかどうかも分からないから、今回は招待しないことになさったんですって。その代わり、海軍の方々だけをお招きした酒宴を、別日に開くそうよ」

「なるほど。まあ、それが良いでしょうね。海軍の方々が、変なあやかしにかどわかされても困りますし」

猩々や春の神と協力し、鬼灯は様々な術を施していた。寝る間も惜しんで色んな術を開発し、装飾を作っていたと聞く。今は庭だけで、あまり華美な装飾は見受けられないが、これからのお楽しみなのだろう。

「それで、私たちは招待客の皆様をご案内すればよろしいのですね」

「ええ。神様は、春の神様の従者や巫の方々が対応して下さるそうよ」

「確かに、豊玉姫様などの賓客のお相手は、春の神様陣営の方が、慣れていそうですものね」

頷き合う小夜と牡丹。

「おお、やはり美しいな、小夜」

背後から弾んだ声が聞こえてくる。振り返るとそこには、式典用の黒い着物を纏った鬼灯の姿があった。

眼帯には小さな宝石があしらわれ、耳飾りも着けて晴れやかな装いなのだが、小夜の目には、微かに疲れが残っているように見えた。

「鬼灯様、昨日はあまりお休みになれませんでしたか？」

「お、分かってしまうか。最後の調整に少しばかり手間取ってな」

苦笑した鬼灯に、牡丹が首を振る。

「いえ、私は気づきませんでしたよ。さすがは小夜様の観察眼です」

「愛ゆえ、か……！」

「愛ゆえ、です」

くすくすと笑い合う小夜と鬼灯。

鬼灯は小夜の手を取ると、その場でくるりと回転させた。

「うむ、吉祥文様がよく似合っている。薄桃色の着物はあまり見ないが、普段からもっと着れば良いのに。愛らしいぞ」

「汚してしまってはことですから」

「ああ、それは母の形見だったたな。だが着物などいくらでも買ってやると言うに。それとも俺が一つ織ってやろうか。麻の葉文様に流水文様、そこに蟹《かに》や蜻蛉を添えても良いな」

「鬼灯様、それ全部魔《ま》除《よ》け文様じゃないですか。しかも蜻蛉なんて『虫よけ』にしたい意図がばればれですわよ。大体蟹や蜻蛉柄なんて、可愛くないです」

そう言って牡丹はにやりと笑う。

「どうせならもっと艶っぽい柄になさいませ。贈った着物を脱がせるのは、旦那様の特権でございましょう」

「ちょ、ちょっと、牡丹」

「む、確かにな。蟹では少々色気に欠けるか」

鬼灯は、ならばどの柄にしようかと真剣に悩み始めている。

するとと後ろから、

「その睦まじさにあやかりたいものだ」

という声が聞こえてきた。

浩一郎である。彼は黒い紋付き袴《はかま》をまとっていて、良くも悪くも、花婿の伝統的な装いをしていた。髪をひたりと撫でつけて、秀でた額を露わにしているため、男ぶりが際立っている。

「伯父様。本日は誠におめでとうございます」

小夜が深々と頭を下げると、浩一郎も頭を垂れた。

「小夜、そして火の神様におかれましては、この日のために様々な助力を賜りまして、誠にありがとう存じます。冷泉家だけでは、春の神の我がままを叶えられなかったでしょう」

「構わん。俺も久しぶりに大きな舞台を任されて、愉快だった」

「そう仰って頂けますと気が楽になります」

「楽になるのはまだ早いぞ。何しろ今日は、二百名ほどの参加者がいる。あやかしや精霊たちは酒宴となったら喜んではめを外すだろうし、神々はどこで機嫌を損ねるか分からない」

「そうですね。招待する神々の巫には、事前に付け届けをして、神々が上機嫌でいられるよう気を配って欲しいとお願いしていますが……。どうなるかは誰にも分かりませんからね」

牡丹はうずうずと会話を聞いていたが、我慢できない様子で割り込んだ。

「もう花嫁御寮にはお会いになりました？」

「それが、私もまだ会えないのですよ。儀式までは花嫁の姿は見せられないと、従者の吉野どのに言われまして。ですが、お楽しみは後に取っておいた方がいいでしょう」

牡丹が、おやという顔をして小夜に目配せした。

小夜も気づいていた。「お楽しみ」と言った浩一郎の顔が、今まで見たことがないほど穏やかで、幸せそうな色を浮かべていることに。

「確かに、我慢した方が喜びはひとしおですね」

「そうだろう？　だから、すまないな小夜。お前の格好を褒めてやりたいのだが、俺の数少ない褒め言葉は全て、春の神に取っておこうと決めているのだ」

「ふふ。分かっております、伯父様。春の神様の今日のお姿は本当にお美しいですから、褒め言葉はきっとすぐに足りなくなってしまうでしょうけれど」

着物を清める任を担っていた小夜は、春の神が着る物が何なのか知っているので、からかうように笑った。


それから小夜と牡丹は、招待客の案内に集中した。

火の神の花嫁ということで、小夜は比較的好意を持って迎えられた。

だが、冷泉家の面々が会場に現れた時、小夜は微かに身構えた。最後の調整で会場中を動き回っていた鬼灯も、この時ばかりは小夜の傍に控えている。

病気で臥《ふ》せっている俊太郎は欠席だが、勇次郎を始めとした本家の人間、それから分家の人間も、三十名以上が参列している。代表者は勇次郎だ。

傍らに伊吹を伴った勇次郎は、にっこりと小夜に笑いかける。

「こんにちは。我々はどこに座れば良いのかな」

「宴席が準備されるまでは、あちらの卓の近くで、軽食などを召し上がって頂きながらお待ち下さいませ」

「宴席の席順は？　小夜は僕らと一緒に座るのだろう？」

「いいえ、私はあちらの……春の神様のお席に近い場所に、鬼灯様と一緒に座らせて頂きます。春の神様に招待して頂いたので」

そうか、と短く答えた勇次郎の顔が、ほんの一瞬嫌悪に歪《ゆが》んだ。

鬼灯が小夜の前に出る。するともう勇次郎の顔は社交の笑みを取り戻し、

「それではまた後程話そう」

と、自分たちの席に向かうのだった。

その後ろ姿を睨みつけながら、鬼灯が小夜に聞こえないよう呟く。

「後程、があると思うなよ。後悔させてやる」

一方、春の神の招待客と言えば。

冷泉家とも関わりのある花の神に檜の神、春の神と親しい燕《つばめ》の神や、姉妹のように仲の良い石の神、そして水の神もやって来た。

いずれも巫や従者を従えているので、大きな集団となっている。

そして最後に豊玉姫が、にこやかな笑みを湛《たた》えてやって来た。慌てて頭を下げる小

夜に、鷹揚《おうよう》に微笑んでみせると、かの女神はゆっくりと庭の奥の方に陣取った。

あやかしや精霊は、姿の良い者が多かった。美しいもの好きの春の神のお眼鏡にかなった存在であることを誇示したいのか、皆着飾ってきており、目もあやな光景が繰り広げられている。

そうして、どうにか招待客への対応を終えた頃には、既に式が始まる寸前だった。

神々の機嫌を損ねないよう、忙しく立ち回る巫たち。

その反対側の緋毛氈の上で、既に楽器を奏でながらほろ酔いになっているのが、春の神が招待した神や精霊たちだ。盛り上がれば盛り上がるほど縁起が良いので、遠慮というものがない。

賑やかな雰囲気になってきたところで、舞台の上に吉野が上がる。

吉野はえへんと何度か咳払いしたが、誰も静かにしないのを見ると、焦れたように足を踏み鳴らした。

するとその可愛らしい兎の姿がするりとほどけ、耳がしゅっと伸びて、胴体はイタチのように長くなった。紅玉のように輝く瞳は、ぎらぎらと強い力を放っている。

『お集まりの皆様方！』

朗々と響く声に、観衆が静まり返る。

吉野は悦に入ったように頷くと、長く伸びた耳をさっと動かし、ゆっくりと頭を垂れた。

『善き日にお集まり頂けましたこと、感謝申し上げます。これより執り行われますは春の神と冷泉浩一郎の婚姻の儀。魂の結びつき、陰陽の交わり、比翼連理の誓いは人前にて行われてこそ結実するものでございます。どうか今日の日を目撃し、記憶し、語り継ぎ、我らが絆《きずな》をとこしえのものとして頂けますよう、伏してお願い申し上げます』

太鼓の音がどん、と響く。舞台の上にかがり火が現れ、道を作る。

舞台下の太鼓が徐々に速く打ち鳴らされ、盛り上がったところで、ど、どん、と打ち止めになる。

その瞬間、花吹雪を伴って春の神と浩一郎が現れた。

どこからともなく吹き付ける花吹雪が、花嫁の桃色の髪をふわりと持ち上げた。

「おや、何と可憐な」

豊玉姫も思わず声を漏らすほど、花嫁は美しかった。

春の神は花嫁らしく白い打掛を纏っているが、角隠しは被っていなかった。結わずに遊ばせた髪には、くすんだ緑の蔓草《つるくさ》が絡みついており、風にそよいでいる。

打掛は、白綸子《しろりんず》地に御簾梅模様。百花に先駆けて咲くという梅の花が、華燭の典の始まりを高らかに告げていた。

厳かな雰囲気なのだが、どこか愛らしい印象を与えるのは、春の神がとても嬉しそうに笑っていたからだろう。緊張も気負いもなく、ただこの日を迎えられたことを、心から喜んでいる、そんな印象を受ける。

花嫁がそんな風なので、招待客はその可憐さにほうっとため息をつく。するとそれを見計らったかのように、質素だった舞台を取り囲むかのごとく、牡丹や薔薇といった派手な花々が現れた。

浩一郎と春の神は、つかず離れずの距離を保ったまま、舞台の真ん中にゆっくりと歩いてきた。中央に到達したところで、二人は招待客に向けて頭を垂れた。

「善き日でございます。どうぞ、宴席をお楽しみ頂けますよう」

浩一郎は短く言うと、また頭を垂れた。

春の神はにこっと微笑んで、

「善き日でございます。飲めや歌えの大騒ぎを期待しておりますわ」

と言い、夫となる人の腕を取った。

すると、洋酒が抜栓される軽やかな音が、庭中に響き渡った。薄い黄金色の酒が、硝子の盃に注がれ、招待客に回される。洋酒を好まない者のためには、青磁の酒瓶が大量に持ち込まれ、枡《ます》に注がれた。

小夜は洋酒を選んだ。鬼灯もまた、持ち手の細い盃を持って、小夜の横に並ぶ。

春の神は枡を手に、うきうきした顔で一同を見回すと、

「どうか私たちのために、楽しんで下さいまし。乾杯！」

と、酒を高々と掲げた。

乾杯、と言った瞬間、春の神の打掛が、緋色の大振袖へと変化する。引きずるほど長い着物は鮮やかな赤色で、裾には白い御簾が描かれていた。

おおっという観客たちの歓声に、春の神は得意げな笑みを浮かべる。鮮やかな衣装替えを皮切りに、宴《うたげ》が始まった。

庭の端に、緋毛氈を敷き、傘を立てかけた宴席が用意されてあった。

そこに座ると、どこからともなく現れた従者たちが、素早く膳を並べてゆく。一人当たり五つも膳が並べられるため、大忙しだ。

本膳には、鮮やかな色をした紅白なますに、筍《たけのこ》やはまぐりをあしらった平《ひら》、そして鰆《さわら》の焼き物が、つやっとした磁器の上に載っている。椀《わん》にちょこんと載った木の芽が目に鮮やかだ。

猪口には既になみなみと清酒が注がれ、引き物はボンボニエールと呼ばれる器に入った金平糖《こんぺいとう》だった。

牡丹は薄紫の地に黄色い花の描かれたボンボニエールを手に取ると、しげしげと眺めた。

「お祝いの膳としてはまあ普通ですが、この引き物は洒落ていますわ」

「本当に綺麗ね。持って帰るのが楽しみ」

「しかもこの、二人につき一つ置かれている甕《かめ》！　ここからいくらでもお酒を汲んで良いというのは、のん兵衛《べえ》の心をくすぐってきますわね!?」

「のん兵衛だったの、牡丹？」

「んふふ。実はそれなりに。ですが小夜様はあまりお酒をお過ごしになりませんよう。私、鬼灯様からきつーく申しつけられておりますので」

「私、鬼灯様が思っていらっしゃるほど、お酒に弱くないのだけれどね」

宴席には花嫁と花婿の席も設けられている。しかし浩一郎は、招待客への挨拶回りで忙しいし、春の神はと言えば、古めかしくて威厳のある振袖が、おいおいと泣き声を上げるのを慰めている。

『ううう……。まさか我が神の華燭の典を目の当たりにできるとは、この胡蝶《こちょう》、もうほつれて黴《か》びても本望じゃ』

『ちょっと胡蝶、縁起でもないことをお言いでないよ。君がいなくなったら、僕の他に誰が我が神をたしなめて手綱を取るんだい』

美しい振袖の胡蝶、そして白兎の吉野。春の神の従者であり、友人のような存在に囲まれ、春の神は嬉しそうに微笑んでいた。

胡蝶は着物ながらも感動にむせび泣いているようだ。嬉しさと寂しさが入り混じった感情が、小夜のいる所まで伝わって来る。

『しかも相手があの冷泉浩一郎じゃろう。冷泉家のことはよう分からんが、あの気は気に入った。清々しく暖かで、ほんの少しだけ切ない匂いがする』

「さすがね胡蝶。私も同じことを思っていたの」

『あれは存外情の深い人間じゃろう。そこにつけ込んだな、我が神？』

春の神は答えずに笑った。


宴会が深まり、膳を蹴散らして踊り始めるあやかしも出てきた頃。

花嫁と花婿の膳が片づけられ、舞台に空間が生まれた。きっとそこで何かが始まるのだろう、と招待客たちは期待する。

けれど何かが始まる様子は一向になく、招待客の間でざわめきが生まれた。

「どうしたのかしら。確かこの後は、伯父様の剣舞があったはずなのに」

「行ってみましょうか、小夜様」

小夜と牡丹は、春の神の屋敷の控室――いわば舞台裏にこそこそと向かう。

すると、出し物の準備をしていた鬼灯が二人を出迎えた。

「小夜か。吉野に少し酒宴を引き延ばすよう言ってきてくれないか」

「何かあったのですか？」

準備の間には、裾の長い舞踏用の衣装に身を包んだ浩一郎がいた。薄く目じりに紅を掃き、剣舞の準備は万端である。

だが、浩一郎の目の前にあったのは、錆《さ》びついた刀剣であった。予備のために準備していた刀剣も、まるで何年も放置していたかのように、刀身に錆《さび》が浮かんでいる。

それを見た牡丹はさっと踵を返した。

「私、吉野さんに時間を稼いでもらえるよう、伝えて参ります！」

「このことはまだ誰にも言うなよ」

頷いた牡丹が部屋を出てゆく。小夜は刀剣に顔を近づけてよく観察した。

「これは……。とても濃い穢れですね。見た目よりかなり重いです」

「一体誰が、こんなことを――いや、下手人を追及するのは後だな。この神剣が使えない以上、違う演目を舞うしかない」

呟く浩一郎に、小夜はおずおずと尋ねた。

「でも、剣舞は男性の巫が舞う唯一の奉納舞ですよね。神様が列席されている宴会では奉納舞を舞わなければならない、と書物に書いてありました」

巫としては不勉強であることを自覚している小夜は、もしかしたら実地の作法は異なるのかもしれないと思いながら口にしたのだが、浩一郎の表情を見るに、書物が正しいようだった。鬼灯も静かに言う。

「豊玉姫様がお出ましになっている席で、剣舞以外は考えられない。だが剣舞には四対の神剣が必要だ。冷泉家が著名な刀剣家に打たせた逸品だった。それがこれほど穢れているとなると……。剣舞はできない」

「すぐに花の神の舞に入ってもらいますか？　ですが今は着替えている最中で、すぐには動けません。舞台の準備も必要です」

小夜は浩一郎の言葉を聞き、おずおずと神剣に手を伸ばした。

自分なら、この穢れを祓うことができる。そうすれば剣舞に使うことができる。

何事もなかったかのように、華燭の典を進められる。きっと春の神もつつがなく式が進むことを望むだろう。

――だが、鬼灯がその手を止めた。

「だめだ、小夜」

「でも」

「俺はこの神剣を穢した奴を知っている。だがどうせ種明かしをするならば、皆の前が良いだろう」

不敵に笑った鬼灯は、術を用いて穢れた神剣をふわりと持ち上げた。そのまま表舞台へとすたすた歩いてゆく。四対、八本の神剣は、鬼灯の周りをぐるぐると回転しなから付き従っている。

浩一郎と小夜は顔を見合わせ、並んで舞台下に立った。

「表舞台にあの穢れた神剣を出すおつもりなのだろうか？　大丈夫か？」

「分かりませんが……。鬼灯様なら、きっと何とかして下さいます」

舞台では、吉野が何やらぺらぺらと喋って、時間を稼ごうとしているところだった。

そこへ、鬼灯が穢れた神剣を率いたまま、無造作に舞台に上がる。

観衆がざわめいた。

穢れというものは、神や精霊であれば一瞥しただけで分かる。骨身に染みる冷たさと、どろどろとまとわりつくような嫌な感覚は特徴的で、間違えるはずもない。

豊玉姫がさっと口元を隠し、彼女の従者たちが庇うように前に出る。

「ご来賓の皆様方。今日の良き日にこのご無礼をお許し下さい」

『火の神どの。これは一体……』

「ちょっとした余興でございます」

狼狽《うろた》える吉野に微笑むと、鬼灯は四対の神剣を、静かに舞台の上に置いた。

「さて。本来であれば冷泉浩一郎による剣舞を奉納する予定でしたが、この通り、神剣は全て穢されておりました。念のために申し上げておきますが、私の炎のしでかしたことではございません。……ご覧頂ければお分かりになるかとは思いますが」

ちらりと豊玉姫を見やる。彼女は応えず、けれどしっかりと鬼灯の目を見返した。

「華燭の典に用いる神剣でございます。冷泉家は慎重に鍛刀し、前日まできちんと保管しておりました。今朝も美しい輝きを放っていたことを、春の神どのの従者も確認して下さっています。ただ、今は見る影もございませんが」

そうして鬼灯は招待客の顔をさっと見渡した。

「では一体どうして穢れが付着したのか。それを紐解《ひもと》く鍵はこの能面にございます」

鬼灯は懐から能面を取り出した。

「あれは……。かわいそうな人狼が着けていた能面？」

初めて冷泉家に招かれた際、小夜の清めの力を試すために傷つけられた人狼に着けられていたものだ。あの能面は、穢れを生み出す装置なのだ、と鬼灯は言っていた。

「この能面には術が施されております。恐らくは精霊や神のものではなく、人の――巫の術です。この術の特徴は、その場に居ずして穢れを振りまける点にあります。糸電話のように、遠くから指示をすれば穢れを発生させることができる」

鬼灯は舞台に置かれた神剣の前に屈みこんだ。

「この能面から発せられていた穢れと、この神剣の穢れは、その根本を同じくするものです。平たく言えば、同じ術者から、人為的に発生させられているものということ」

能面から微かににじみ出る穢れは、鬼灯の言葉通り、神剣と全く同じ穢れであるように感じられた。同じ親から生まれた兄弟の顔が、どことなく似通っているのが分かるように。

「穢れとはそう簡単に生み出せるものではない。その場に居ずして、穢れを発生させたいならば、術者と対象物は、繋がっている必要があります。そうでなければ、必要な霊力を送り込むことができないから」

鬼灯は神剣の上に手のひらをかざす。すると、禍々《まがまが》しい気を放っていた神剣から、蛇が首をもたげるがごとく、一本の糸が伸びあがった。

「――だから、こうして術者を辿ることができる」

神剣から伸びた糸は、のろのろと空中を這ったかと思うと、突然流星のようにさあっと空中を駆けて――。

冷泉勇次郎の手に着地した。

勇次郎は微笑みを湛えたままでいる。傍らの伊吹は、目に見えて敵意を露わにし、物凄い形相で鬼灯を睨みつけている。

「この神剣を穢したのはあなたですね。冷泉勇次郎どの」

「……」

勇次郎は応えない。他の冷泉家の人間は、固唾《かたず》をのんでこの問答の行く末を見守っている。事と次第によっては、勇次郎を切り捨てる可能性もある――。

その瞬間、よく通る低い声が響いた。

「穢れは貴殿の専売特許ではないのか、火の神どの」

水の神、霧生天音《きりゆうあまね》だった。

彼は勇次郎の背後に立ち、鷹揚に腕を組んで鬼灯を見ている。

鬼灯は目を細め、好戦的な笑みを浮かべた。

「ほう。この神剣を穢したのは私だと言いたいのか」

「その通りだ。冷泉勇次郎は、お前の花嫁に執着していると聞く。それに怒りを覚え、このように公の場で彼に濡《ぬ》れ衣《ぎぬ》を着せているのではないか？」

だとすれば、と霧生は嘲笑を浮かべる。

「無様だな、火の神よ」

神と精霊がざわめく。火の神と水の神が火花を散らして睨み合っている姿は、華燭の典の余興にしてはあまりにも剣呑で、だからこそとびきり面白そうだった。

「このような場で私を侮辱することが、どんな結果を招くか知ってのことだろうな」

「無論だとも。以前から貴殿のことは気に食わなかった」

言うなり霧生は舞台にふわりと飛び乗る。式典用の紋付羽織をばっと脱ぎ捨て、動きやすい袴姿になった。

鬼灯もまた同じように羽織を脱いで、霧生に対峙する。

小夜はその姿を見て少し違和感を覚えた。

「鬼灯様が、こんな風に目立つような振る舞いをなさるなんて、珍しいわ」

考えている間にも、二柱の神々はじりじりと距離を詰める。

鬼灯が先手を打った。右手から繰り出される鮮烈な炎の球の数々が、霧生目がけて放たれる。霧生はそれを水の壁で防いだが、炎の球を受け止めた瞬間、水蒸気が立ち込めて視界を閉ざす。

それを好機と見たか、鬼灯が穢れた神剣を拾い上げ、霧生に躍りかかる。

「……ッ」

霧生は咄嗟に水で刀を作り出し、穢れた神剣を受け止めた。鍔迫《つばぜ》り合《あ》いは、熱い鉄板の上で水が蒸発する時のような音を立てた。

神剣の穢れが蛇のように蠢《うごめ》き、水の刀に絡みつく。清い水は汚泥を巻き上げたように濁り、霧生は顔を歪めた。鬼灯の体を蹴り飛ばし、距離を置く。

心なしか、鬼灯の持つ神剣の穢れが弱まっているように見え、浩一郎が呟く。

「神剣の穢れが薄れている……？　そうか、水の神も穢れを清める力を持つから、打ち合うたびに穢れが落ちているのか」

二柱は舞台が軋《きし》むほど強く踏みしめ、力いっぱい剣を振るう。いつの間にか霧生も穢れた神剣を手に、鬼灯とやり合っている。鬼灯が力強く剣を振るうのに対して、霧生は手数の多さで鬼灯の攻撃を受け流していた。

彼らは神剣を拾い上げては攻撃に使い、打ち払われてはまた別の神剣を手に取り、といった様子で、一瞬たりともためらうことがない。

激しく火花が散ったかと思えば、逆巻く滝のように水が迸る。太陽の光を受けて輝く水流、白い舞台によく映える紅蓮《ぐれん》の炎。

そして地面を揺らし、剣戟《けんげき》の音を響かせて、真剣な顔で戦う美しい二柱の神たち。

どこか剣舞に似た動きは、招待客の目を奪うのに十分だった。

だから、誰も気づかない。

勇次郎の表情が次第に険を帯び、徐々に歪んでいっていることに。

「すごい、鬼灯様……」

小夜は先程から、鬼灯しか見えていなかった。

しなやかな指が剣を握り、均整の取れた肉体が躍動する様は、一頭の獣が野を駆けているような清々しさがある。

あの体が小夜を抱きしめ、あの指が小夜の頬を撫でるのだ。そう考えると勝手に顔が熱くなり、小夜は両手でぱたぱたと扇《あお》いだ。

「気に入らないわ」

「は、春の神様」

大振袖を脱ぎ、蝶が舞い飛ぶ着物――胡蝶を纏った春の神が、いつの間にか小夜の横に並んで、じっとりと舞台を睨み上げていた。

「あれ、本気じゃないわよ」

「えっ？」

「水の神も火の神も、本気でやっていない。大体彼らが本気になったら、私の屋敷なんて簡単に吹き飛んでしまうわよ」

「確かに。ではあれは、私たちの式典だから、気を遣って下さっているのでしょうか」

浩一郎の言葉に、春の神は苦々しく笑う。

「あるいは、彼らの思惑に利用されているか、ね」

霧生の背後に、水でできた八《や》つ頭《がしら》の大蛇《だいじゃ》が出現する。

するとそれに呼応するように、鬼灯の背後にも、立派な鬣《たてがみ》を持つ炎の唐獅子《からじし》が現れた。

大蛇と唐獅子はしばしの間睨み合っていたが、やがて同時に舞台を蹴って空中に躍り上がった。

大蛇の突き出した舌が、唐獅子の炎とぶつかった。唐獅子の牙が大蛇の頭の一つを噛み砕き、大蛇の別の頭が唐獅子の体に絡みつく。

両者は境界《きょうがい》を食い破り、あるいは食い破られながら交じりあって、ついには八本の神剣の上で、爆発と共に霧散した。

舞台の上に静寂と緊張が漂う。

水の神と火の神は、距離を取って睨み合っていたが、やがてふっと視線を逸らした。

鬼灯は舞台上に落ちた神剣をゆっくりと拾い上げる。

戦いが始まるまでは穢れていた八本の神剣から、穢れが取り祓われていた。錆びもすっかり失せ、清浄ではないものの、普通の剣に戻っている。

「ふむ。こんなところか。助力に感謝する、水の神どの」

「なに、構わんよ。小夜に恩を売る良い機会だし、私もたまには清めの力を使わないと鈍ってしまうからな」

「霧生様！」

勇次郎が叫ぶ。表情こそ取り繕っているが、握った拳が微かに震えていた。

「お話が違うのではないでしょうか」

「話、とは」

勇次郎は言葉に詰まる。

だから代わりに鬼灯が説明してやった。

「冷泉浩一郎と火の神、双方に招待客の面前で恥をかかせる。それが、水の神どのが頼まれた内容だろう」

「――私がそのようなことをお頼みするはずないでしょう」

引きつった声で勇次郎が言うのに、鬼灯は目を細めた。

「お前が何を企んでいるか、私は全て知っている。神剣を穢し、水の神を焚《た》き付け、この華燭の典を妨害しようとしたのだろう」

「企み？ 何のことか存じ上げませんが、実の兄の晴れの日を台無しにするような真似をするわけないでしょう」

「俺は火の神だ。やろうと思えば、この国の火全てを支配下に置くこともできる。まあそんなことをしたら、百年は眠らないといけなくなるからしないが」

そして、と鬼灯は続ける。

「支配下に置くとはつまり、その火が照らす範囲の事柄を把握できる、ということ。つまり火がある部屋の会話は俺に筒抜けというわけだ」

勇次郎ははっとした表情になり、それから顔を歪めた。

舞台の下で話を聞いていた小夜は、呆然と呟く。

「それはつまり、この国の部屋のほとんどの話が聞ける、ということでは……？」

「とんでもない。電気が主流になっている今日、私が盗み聞きできるのは限られた場所だけだ」

まんざらでもなさそうに言った鬼灯は、勇次郎に向き直る。

「例えば、お前の部屋のように、古式ゆかしく蠟燭を灯している部屋などだな。——間諜は檜の神だけに許されたものだと思ったか？」

「……誇り高き神が盗み聞きなど、落ちたものですね」

「そう恥ずかしがるな、今全て話してやるから。要するにお前は、神剣を穢し剣舞を舞わせないことで、冷泉浩一郎が無能だと示したかったのだろう？　今のままなら、浩一郎は冷泉家の次期当主内定が濃厚だ。春の神を妻にした功績は大きい」

ゆえに、と鬼灯は言う。

「お前は、その先を見据えたのだろう。『浩一郎は神を嫁にした有用な人物なので当主にするが、実務的なことはからきし駄目だから、弟である自分が補佐に入る』という筋書きを描きたいわけだ」

これにざわついたのは冷泉家の面々だ。勇次郎に与《くみ》する者ばかりが出席しているわけではないのだろう。

「さらに言えば、穢れた神剣を持ち出せば、小夜に清めの力を使わせることもできる。冷泉家に連なる小夜の力を誇示するちょうどいい機会になるところだったのだろうが、生憎《あいにく》だったな」

嘲笑を浮かべた鬼灯は、

「私に恥をかかせるために、水の神への接触を図ったのは賢かったと思うがな。問題は、水の神と私が通じていたことだ」

と言って霧生を見やる。

霧生は肩をすくめて言った。

「私はただ腹が立っただけだ。神が人間に利用されるなど冗談ではない」

吐き捨てるような冷たい言葉に、小夜は唇を引き結ぶ。

鬼灯が優しいからつい忘れてしまう。

彼らは神であり、人間の想像が及ばないような価値観を持っているのだ。

「それに、清めの力もたまに使わないと、お叱りを受けるからな」

霧生がちらりと目をやったのは豊玉姫の方だ。彼女は微かに頷き、

「火の神とその花嫁のみが清めの任を担うというのは、いささか不公平が過ぎよう」

と簡潔に述べた。

勇次郎は際どいところで笑みを保っていたが、ややあって踵を返した。臆面もなく逃げるつもりなのだ。

しかし、その前に春の神が立ちはだかる。胡蝶を身にまとった彼女は、ぶすっとした顔で勇次郎を睨む。

「ちょっと。私の夫の剣舞を邪魔したことについて、きちんと謝って頂けるかしら？」

「……どうせすぐ飽きるのだろう。人間など、神からしてみれば吹けば飛ぶようなも

のだ。兄上を愛玩物か何かと勘違いしているんじゃないか」

春の神はきょとんとした顔になったが、やがて切なく笑った。

「愛玩物くらいで済むのだったら、これほど失うことに怯えずに済んだのに。人間は、お前たち自身が思うほど、強くもしぶとくもないんだもの」

「憐れんでいるのか、人間を」

「惜しんでいるのよ。お前たちはまるで春の雪のよう。……でもそれとこれとは話が別。謝って頂けるのかしら？　そうでないなら、実力行使に出るわよ」

春の神の背後に、青い蝶の群れがぶわりと出現する。手のひらほどの大きさもある蝶たちは、一斉に勇次郎にぶつかってゆく。鱗粉《りんぷん》が勇次郎の顔に降りかかり、火傷のような跡を残す。

「主様！」

伊吹が勇次郎の前に立ちはだかり、春の神を睨みつけた。その両手が真珠色の鎌へと変貌し、襲い来る蝶を紙のように切り裂いてゆく。

その刃の先端が、春の神の肌に触れようとした、その瞬間。

「俺の花嫁に傷をつけるつもりなら、容赦はせんぞ、勇次郎！」

浩一郎が、穢れを祓われたばかりの神剣でもって、伊吹の鎌を受け止めていた。

勇次郎の目には、浩一郎が燃えているように見えた。兄の怒りの感情がここまで赤く膨れ上がっているのを、勇次郎は初めて見た。

それだけ、春の神を大切に思っているのだ。

兄の思いを悟った勇次郎は力なく笑うと、

「止《よ》せ、伊吹。ここで兄上とやり合っても意味はない」

「主様!? 諦めるのですか!」

「――いいや。だって僕の目的は、冷泉家の当主になることだけではないからね」

勇次郎はどこか粘ついた眼差しで一同を眺めた。

鬼灯。霧生。春の神に浩一郎。豊玉姫。冷泉家の人間たち。

そして、舞台の下で固唾をのんで見守っている、小夜。

彼らに向けて、勇次郎は告げた。

「神などいらない時代が、すぐそこまでやって来ている」

宣託のように、その言葉は響く。

「海の向こうでは誰もこのように神を崇《あが》めません。神のために骨を折りません。家中の金品を巻き上げられた挙句、後ろ足で砂をかけられるようなことはされません。私たちの異能や時間は全て、私たちがより良い生活を得るために使われるのです」

豊玉姫が微かに眉をひそめた。

「あなた方神々はどうなさいますか? 信じていた巫が、自分よりも強い力を持つようになったら。今まで神としての力で巫を振り回していたあなた方が、今度は巫の動向に怯えながら過ごすことになったら？」

勇次郎は舞台下の小夜を見た。

「私の姪をご覧下さい。天照大神様が火の神にかけた呪いを、人の身でありながら、解きつつある。いかなる神も解き得なかった呪い、それをこうも易々と解いてみせました！」

鬼灯は反論ができない。醜い姿ではなく、以前の若い美丈夫の姿でそこに立っていることが、何よりの証拠だからだ。

「私の呪いは完全には解けていない。人はまだ神には及ばない」

鬼灯が低い声で言うと、勇次郎は慇懃に首を傾げてみせた。

「さあ、それはどうでしょうね。巫たちが、あなた方神々の想像を超える異能を持つようになったら？」

「……まさか、お前。小夜の母にしたようなことを、他の巫にもするつもりか」

勇次郎は答えず、小夜の方を見た。

小夜も負けじと視線を返せば、勇次郎は一瞬、切なそうに眉を寄せた。

しかしすぐに不敵な笑みを貼り付けて、

「ええ。私は全ての巫の異能を強化し、神にも勝る働きをさせ、神と決別するのです」

「そんなことは不可能だ」

「いいえ。人と神の違いは寿命にあらず。人は可能性を持ち、いかなる姿にも成長し得るのですよ、火の神様。――ゆえに、どうぞ私たち人間を軽んじられますな。いつか牙を剝くかもしれませんから」

「それなら」

小夜は思わず呟く。

それは存外よく響いてしまい、辺りの視線が一斉に小夜に集まった。

ごくりと唾を飲み込んで、小夜は続けた。

「それなら、私たちが神様の友人になる可能性だって、あると思います」

「……友人、だと？」

「友人がだめなら隣人でも良いです。どうして牙を剝かなければならないのでしょう」

会場は静まり返っている。緊張して上手く言葉が出てこない小夜の手を、春の神が取って、舞台上にひょいと上がらせた。

にこにこと、花が咲くように笑う春の神は、小首を傾げると、

「どうぞ、続けて？」

と小夜を促す。

「ずっと考えていました。冷泉家がお母様と私にしたことを。――それを怒ったり、

憎んだりするのは、多分簡単です。被害者の顔をして、損した分を返してくれ、と言えば良いのですから。形の決まっている穴を埋めるのは、そう難しくないのです」

拒絶と怒りは、一度火がついたら燃え広がるのはたやすい。相手が全部悪くて、自分はそうではない、と決めてしまえば良いからだ。白か黒かの単純な話。

「もっと難しいのは、許すことです。そうして協力し合いながら、同じ時を生きることです。もし人が成長して、強い力を持つことができるなら、難しい道を選んだ方が良いのではないでしょうか。せっかくの力も、宝の持ち腐れです」

「善人ぶるな。お前の母もそうだった」

伊吹が吐き捨てるように言う。だがその言葉は、逆に小夜に力を与えた。

「私も母も、善人などではありません。ですが、それを目指すべきだと思っています。何も進んで悪人になることなど、ないでしょう？」

「善人が治める家など、一代で潰れておしまいだ。主様は、代々受け継がれてきた冷泉家を維持しなければならない。何よりも重い責務を背負わなければならないのだ」

伊吹はいらいらと頭を振る。真珠色の髪が左右に揺れた。

「そうして神と人間が馴れ合った先に何がある？　外つ国のあやかしや精霊が徐々にこの国に根を張り、安穏としてはいられないというのに、牙を研がずして何をする。愚かだ、全く愚かな発言だ。――主様！」

上ずった声で伊吹が叫ぶ。それで勇次郎は察したらしい。

「構わん。使え」

伊吹は手のひらを上に向ける。するとそこに一枚の能面が浮かび上がる。

勇次郎の操る、穢れを生み出す能面だ。

六本の脚が生えたそれは、伊吹の右腕に食らいついた。血が流れるが、伊吹は一顧だにせず、両手を鎌に変えた。

伊吹の右腕が、穢れに侵食されてどす黒く腫れ上がり始めた。脂汗をかきながら肩で息をし始めた伊吹は、それでも物凄い形相で小夜を睨みつける。

伊吹が獣のように跳躍し、両の鎌で小夜に襲い掛かる。

だが、それを許す火の神ではない。

鬼灯の猛々《たけだけ》しい炎が、穢れに侵された精霊の鎌を退ける。弾かれたように後ろに飛びのいた伊吹は、目をぎらつかせながら距離を詰め、再び小夜に肉薄する。

今度は浩一郎の構えた神剣が、伊吹の攻撃を防いだ。だが、先程よりも鎌の威力は重く鋭くなっており、浩一郎でさえも防ぐのが精いっぱいのようだった。

「おかしい……。年経ているとはいえ、伊吹はただの精霊のはずだ。この力はあの能面から生み出されているのか」

鬼灯は独り言《ひとご》ち、目を細めて観察を続ける。

伊吹は口の端から唾液を滴らせ、飢えた獣のような形相になっていた。翡翠《ひすい》にも似て透明感のあった目に、腐った水のような色がどろりと流れ込むのが見て取れた。

「いけない」

小夜は、あれはまずいものだ、と直感する。

穢れが、伊吹の身の内で膨れ上がっている。伊吹の心や体を食らって、肥大化しているのだ。

このままでは伊吹の命が危うい。

「鬼灯様。あの能面を取らなければ」

「先程から試みているのだが……。火が届かん」

その言葉通り、能面は鬼灯の繰り出す炎を上手くかいくぐっている。けれどその分犠牲になっているのは伊吹の体だ。式典用の着物がみるみるうちに焦げ付いて、肌に張りつき、ひどい火傷になっている。

だが痛みを感じないのだろうか、伊吹は舞台の上で暴れまわっており、その腕からは隠し切れない穢れが染み出している。

「あの穢れは何だか嫌な気配がする。あとは任せたぞ、火の神」

霧生はそう言うと、独りだけさっさと舞台から下りて行った。穢れという災いの前で、頼れる神は鬼灯だけになった。

「穢れを清めます。浩一郎伯父様、伊吹さんに隙を作って下さい」

「そんなことができるのか？」

「鬼灯様と一緒なら、できます！」

浩一郎は小夜の表情を見て強く頷くと、神剣を携えて伊吹の眼前に躍り出た。

「忌々しい浩一郎、お前さえいなければ」

震える声で呟いた伊吹は、両の鎌を回転させるように振るい、浩一郎の逃げ場をふさぎながら攻撃する。

だが、一瞬先を読む異能を持つ浩一郎は、一瞬後の伊吹の行動から逆算して体を動かすため、なかなか攻撃が当たらない。伊吹の苛立ちはいよいよ増し、ああッと吠《ほ》えた伊吹は、そのまま浩一郎の神剣に嚙みついた。

「何ッ」

反応できなかった浩一郎の胴体に、伊吹の鎌が襲い掛かる。

だがそこに割って入ったのは、春の神が操る青い蝶の群れだ。分厚い膜となって鎌を防ぎ、間一髪のところで、浩一郎が横に避ける隙を作った。

神剣を咥《くわ》えたまま、物凄い形相で浩一郎を睨みつける伊吹。

その眼前に巨大な火の球が現れた。まるでそこだけ太陽が下りてきているかのようにぎらぎらと輝き、熱を放つ。

あまりの眩《まばゆ》さに伊吹が思わず顔を覆った、その瞬間。

火球に紛れて接近していた小夜と鬼灯の手が、伊吹の右腕の能面に触れる。

ばちっという音がして、能面から漏れ出ている穢れが弾け飛んだ。小夜は自分の指を、伊吹の肌と能面の間にねじ込んで、懸命に引っ張る。

鬼灯もまた、小夜が作った隙間から自分の手をねじ込んで、思い切り引っ張った。

六本の脚の内二本が、抵抗するように鬼灯の手に突き刺さったが、火の神は表情一つ変えない。

「小夜、このまま！」

「はい！」

鬼灯が穢れを祓いのけるように炎を操っているのが分かる。だから小夜は、その穢れが少しでも軽くなるよう祈りながら、能面に指をかけ続けた。

やがて糸が切れた人形のように、六本の脚が力を失った。能面はあっけなく伊吹の腕から外れ落ちた。

鬼灯が大きなため息をつく。額には冷や汗が滲んでいた。

「穢れは、精霊の力を強めるのか……？　いや、強制的に全力を出させているのか。いずれにせよ端倪《たんげい》すべからざる術だ。これを勇次郎が開発したというのか」

肩で息をする鬼灯は、僅かではあるが疲弊の色を浮かべている。

小夜は真っ青な顔で能面を見つめる。能面からは全く声が聞こえてこなかったが、鬼灯に対してすさまじい敵意を持っていることだけは分かった。

「いえ、これは……。鬼灯様ではなくて、神様という存在に対して、物凄い敵意を持っているんだわ」

深呼吸して自分の心を落ち着かせながら、小夜は周りを見回す。

穢れはどす黒い淀《よど》みとなって、舞台から煙のように発せられている。人間である巫や、精霊、あやかしたちは、穢れをあまり感じていないようだった。

だが、舞台近くにいた檜の神や花の神は、顔を歪めて口を覆い、力なく緋毛氈の上に座り込んでいる。確かに、想像以上の速さで膨張した穢れだったが、そこまで量が多いようには見えない。

「もしかしてこの穢れは、神様にだけ力を持つものなのかしら」

そう思い伊吹を観察してみると、伊吹の腕から夥《おびただ》しい量の血が流れていることに気づいた。顔も真っ青だ。

止血をしようと布切れを探したが、やって来た勇次郎に押し留められた。

「華燭の典だ。お前は血の穢れに触れるな」

その声はどこか震えているように聞こえた。

勇次郎は舞台の上に落ちた能面を拾い上げて懐にしまった。それから、辛うじて立ってはいるものの、身動きのできない伊吹を、俵を担ぐように抱え上げる。

「……無茶をする」

苦虫を嚙み潰したような顔で呟いた勇次郎は、さっさと舞台を下りようとする。

その背中に、豊玉姫の声が突き刺さる。

「冷泉家の。我ら忘れはすまいぞ。お前が神を利用しようとしていたことを。お前の精霊が、華燭の典で穢れを振りまこうとしたことを」

艶やかに紅の引かれた唇が、美しい弧を描く。豊玉姫のような高位の神には、穢れはあまり効いていないようだった。

壮絶な微笑みは、鋭利な剣を首に押し当てられるよりも恐ろしい気迫を放つ。

「神を利用する――。その不遜に不幸あれ。懲罰あれ」

勇次郎は振り返った。強張《こわば》った顔に、どうにか威厳を貼り付けて。

「神の言葉は真実になる、とでも仰りたいのか。冗談じゃあない。不幸など退けて、僕のやり方が正しいということを、いずれ証明してみせる」

舞台を下りながら、勇次郎は小夜に聞こえるように囁いた。

「お前のことを諦めたわけではないからな」

勇次郎が伊吹と共に会場を出てゆくまで、小夜はその後ろ姿をしっかりと見つめていた。

あちこちからざわめきが聞こえる。

怒りを露わにする神々、自分が見たものをどう仲間に話してやろうか、今から話に尾ひれや背びれをくっつけているあやかし、式次第をどうするのか、固唾をのんで見守っている巫たち。

そのざわめきの真ん中に、春の神がぽんと声を投げかける。

「これでご友人に胸を張って話せる最旬の噂が手に入りましたわね。引き物としてお持ち帰り下さいまし」

屈託のない言葉に、あちこちで苦笑めいた声が上がる。場の雰囲気が少し和らいだ。

「最後の舞は、少々荒っぽくはありましたが——。その前の、火の神様と水の神様による演舞、あれは誠に眼福でございましたわね。皆様にお楽しみ頂けたかと存じます。でも皆様、大切なことを一つお忘れね」

春の神は袖を持ってくるりと回転すると、浩一郎の手を取り、

「本日の主役は私たち。今日の善き日に、私たちの舞を捧げますわ。どうぞ皆様、見ていて下さいましね」

と、舞台の真ん中に移動した。

小夜は慌てて舞台から下り、鬼灯もそれに続いた。

ずっとそわそわし通しだった吉野が、楽を鳴らすよう合図すると、笛と琵琶《びわ》が幽玄

な音色を奏で始める。

「でも、伯父様と春の神様は本来、別々に舞う予定だったような……」

小夜が懸念した通り、最初二人の息は全く合っていなかった。

そもそも剣舞と女舞では拍子も速さも異なるし、体の使い方も違う。ぎこちない動きは、先程の火の神と水の神の戦いと比べれば、鯨と鰯《いわし》だ。

それでも、浩一郎が春の神の動きに合わせ、春の神が浩一郎の足さばきを真似て、少しずつ呼吸が合ってくる。一瞬見せる表情が少しだけ似てくる。

曲の終盤でようやく動きが様になってきたが、無情にも最後の琴の音が鳴り響く。

二人は顔を見合わせ、おかしそうに笑った。

初々しい二人の舞に、招待客は温かい拍手を贈る。揃って頭を下げた春の神と浩一郎が舞台から下り、着替えのために引っ込んだのを見送って、鬼灯が生真面目な顔で呟く。

「あれは華燭の典でしか許されない舞だな。即興なりの粗《あら》が目立つ舞だったが、本来であれば交わることのない人間と神が夫婦になる……。そのぎこちなさの象徴としては悪くない」

小夜は苦笑しながら鬼灯の顔を見上げる。それだけで彼は、小夜の言いたいことが分かったらしい。

「む……。すまない。つい理屈っぽくなってしまった」

鬼灯は咳ばらいを一つすると、術を展開する。

すると舞台の上に、神事を執り行うための白木作りの台が、ゆっくりと現れた。その上には朱色の盃と、この祝いの席には似つかわしくない程、薄汚れた酒器が置かれてある。

だが小夜は、その酒器がかなり古くから使われている物であることに気づいていた。経年により薄茶色に染まった表面や、素朴な作りとは裏腹に、かなり重厚感のある声が聞こえてくる。

これで誓いを交わすのだ。小夜はどきどきしながら、春の神たちが現れるのを待つ。

振袖・胡蝶を脱いだ春の神は、純白の打掛に身を包んでいた。織りのみで何の柄も入っていない真っ白な姿は、小夜が見た中で最も美しい春の神の姿だった。

唇の赤と、髪の薄桃色を引き立てる白尽くしの花嫁が、静かに台の方へ歩いてゆく。

少し遅れて袴姿の浩一郎が現れ、ゆっくりと台の方へ向かった。花嫁の横に並ぶと、揃って顔を上げた。

台の上には大きさの異なる盃が三枚重ねられている。これは鬼灯が作ったものではなく、春の神が豊玉姫から贈られたものだ。それゆえか、盃の底には蛤《はまぐり》や鯱《しやち》といった海の生き物の螺鈿細工が施されている。

浩一郎が一番上の盃を手に取る。すると、横の酒器が勝手に持ち上がり、その盃に神酒《みき》を注いだ。

まずは浩一郎が盃に口をつけ、春の神に渡す。春の神が口をつけたあと、盃は再び浩一郎の手に。

それを二度繰り返し、九度の盃を交わしたところで、酒器の注ぎ口から、小さな蛇が現れた。

否、それはよく見ると、髭と角を生やした手のひら大の龍であった。透けるような薄青色で、酒器の上で泳ぐようにぐるぐると動き回っている。

『寿《ことほ》ぎを。延命を。さえずる者には祝福を。抗いを。天命を。行いを。神殿を。いかなる岩も末路は砂。――これにて、華燭の典となす』

小夜には理解できない言葉だったが、列席した神々が、おお、と歓声を上げた。

鬼灯が小夜の耳元で説明してくれる。

「あの龍は、酒器に取りついた精霊だ。先のことが見えるともっぱらの噂でな。未来予知――と言えるほど確たるものではないが、占い程度のことはできるらしい。その龍が、基本的には良いことだけを言った。つまり二人の行く先は明るい、ということだ」

「それは良かったです！」

延命や抗い、末路といった、華燭の典に相応しくない言葉も交じっているように聞こえたが、神にとっては縁起が良い言葉なのだろう。

神と人は、違う生き物なのだと、改めて小夜は思った。

台の方を見ると、既に龍は姿を消していた。浩一郎と春の神は深々と頭を下げ、それから招待客に向き直ると、

「結ばせて頂きました。皆様どうぞ、引き続き酒宴をお楽しみ下さい」

「さあ、堅苦しいのはこれでおしまい！　飲んで歌って騒ぎましょう！」

春の神の衣装が、肩からさあっと緑に染まり、大振袖へと変化する。

竹と残雪が刺《し》繡《しゅう》された裾には、よく見ると何羽もの雀《すずめ》が遊んでいる様が縫い留められており、愛らしい。

酒と食べ物が追加され、あちこちで踊ったり、麻雀《マージャン》や賭け事を始めたりする招待客たち。

無礼講だと誰かが叫ぶ。うるせえと誰かが喚《わめ》く。皿が割れる音がし、なぜか小夜の方に飛んできた酒杯を、鬼灯が手で退けようとした。

すると、どこからか水が飛んできて、酒杯をするりとさらう。

水を蛇のように操るその神は、鬼灯を見てにやりと笑った。

「火の神どのの狂言に乗ってやった私に、何か言わねばならないことがあるのでは？」

「水の神様！」

霧生は小夜に微笑みかける。

「ああ、相変わらず清らかな気を感じる。私の労をねぎらっておくれ、小夜」

「小夜がねぎらうのは俺だけだ。大体伊吹相手に尻尾を巻いて舞台を下りたくせに。とっとと帰れ」

「あれは尻尾を巻いたのではない。人の愚かな行動に巻き込まれたくなかっただけだ。それに火の神よ、お前に協力する見返りに、小夜と一杯飲ませてもらう約束をしたではないか」

「していない。俺は少しだけ小夜と話しても良いと言っただけだ。大体それも、小夜が嫌だと言えばなしになるんだからな」

事情が呑み込めない小夜は、瞬きしながら鬼灯と霧生を交互に見る。面白くなさそうな顔をしている鬼灯をよそに、霧生が説明してくれた。

「先程の火の神との争いはな、事前に取り決めたものだったのだ」

「まあ……。狂言とはそういう意味でしたか」

「そうだ。事の発端は、冷泉勇次郎が私に接触してきたところから始まる。あれの懇意にしている神は檜の神だが、檜では火の神相手に分が悪い。ゆえに、火の神と対抗し得る私にお声がかかったというわけだな」

勇次郎の行動力は凄い、と小夜は呆れながらも感心した。冷泉家において、自分の地位を固めるためなら、きっと何だってするのだろう。

そしてそれは、彼が望む世界──人間が神のご機嫌取りをしなくても良い世界、人だけで強く在れる世界のためなのだ。

「小夜も知っての通り、火の神の呪いは解かれつつある。この面《つら》の良さと能力の高さ、そして心を入れ替えたかのように優しい振る舞いが、太歳界の中で注目されている」

好敵手たる水の神からの褒め言葉に、鬼灯はむずむずしたような顔になる。

「お前に褒められても嬉しくない」

「世間の評価と私の評価は異なる。お前のことを褒めたことなど一度もないから安心しろ。──だが小夜も覚えがあるだろう？」

小夜は静かに頷く。宵町を歩いていても、鬼灯に向けられる視線が好意的なものになっているどころか、崇め奉るようなものが多かったからだ。

「一方で、火の神と冷泉勇次郎は仲が悪い、という噂がある」

「宵町というのは性質《たち》が悪い。噂に見せかけた真実を面白半分で言いふらすからな」

鬼灯が嘆息するのに、霧生は冷笑を返す。

「花嫁の母の実家に贈り物の一つもやらないのでは、そのような噂が立つのも無理からぬことだ。あとはまあ、家内の様子を盗み見ることができるのは、檜の神や火の神のみに許されたことではない、ということだな」

そういうわけで、と霧生は小夜に向き直る。

「冷泉勇次郎は、火の神の評判が上がりすぎるのを危惧し、このような晴れの舞台を選び、穢れを紛れ込ませた。春の神の華燭の典に火の神が関わっていることは周知の事実だったからな。豊玉姫もお出ましになるような式で穢れを発生させるなど、火の神の監督責任に関わる。ついでに言うなら、花婿である浩一郎の面目も潰すことができる」

「考えることが狡《こす》っからい奴だ」

「穢れだけでは足りぬと考えた冷泉勇次郎は、私に声をかけた。私の仕事は、穢れは火の神が持ち込んだものだと主張すること」

霧生は指先の微かな動きで供の者を呼びながら、吐き捨てるように言った。

「急速に盛り上がっている火の神の名声に、水を差したい。そのために私のような高位の神を利用しようなどという不遜な行いを、捨て置くことはできなかった。――そもそも、あわよくば相打ちになれば良いという目論見《もくろみ》が透けて見えるのだ、あの巫は」

「そもそも冷泉家はあまり水の神と親しくなかろうに。貢物をやり取りしている神に頼めば、裏切られることもなかっただろう」

「拙速だったな」

短く言い切ると、霧生は代わりに供の者に持たせた包みを開ける。目の覚めるような濃紺の下地に、菊花と家鶏《かけい》二羽が描かれている盃だ。

「さて、小夜。私と一献交わそうぞ」

器まで用意されては否やとは言えない。小夜はおずおずと頷いた。

「わ……私で、よろしければ」

「……仕方がない。俺が後ろで見張っているからな！」

「無粋な奴め。だが断っても小夜の影に張りつくつもりだろうし、見逃してやるか。お前の分の酒はないからな」

霧生はそう言って、小夜を緋毛氈の上に座らせた。すぐに供の者がやって来て、傘の角度を調整し、うちわで小夜を扇ぎ始める。

小夜の前に座った霧生は、硝子の盃に酒を注ぎ、小夜に渡した。鬼灯は小夜のすぐ後ろにどっかりと腰掛け、じろじろと妻の手元を眺めまわしている。

だがそんな様子にも動じることなく、霧生は自分の盃を持ち上げ、

「今日の善き日に」

と呟いた。小夜も同じ言葉を繰り返し、酒に唇をつける。

「……美味しいです。香り豊かで、重みがあって」

「だろう？　私は葡萄酒が好きだが、祝いの席では清酒の方が良い。心地よく酔える」

そう言って霧生は小夜を眺めた。

身のすくむような視線を、小夜は背筋を伸ばして受け止める。

「冷泉勇次郎は、去り際にお前に何と言った」

「お前のことを諦めたわけではないからな、と言っておりました」

背後で鬼灯が息をのむ音が聞こえた。

「なぜあれは小夜に執着するのだろうな。清めの力はそれほど大事か」

小夜は手の中の盃を見つめる。そこには自分の顔が映っている。

「……伯父の目的は、巫の異能を強めることです。それには私の力が鍵となるのかもしれません」

「他人事のように言う」

「他人事です。私は自分の力をそんな風に使いたくはありません」

「そうだな。お前は神の友人になりたいのだものな」

揶揄《やゆ》するような言葉に、霧生がその言葉を快く思っていないことを知る。小夜は恥じ入るように目を伏せた。霧生は言葉を重ねる。

「強くなる必要などない、小夜」

「……」

「お前たち人間は、私たち神を楽しませ、孤独を癒し、その手で私たちの存在を形作ってくれれば良い。その代わりに、私たちはお前たちを守ってやる」

「あら、私そんな約束はしたくないわ」

艶やかな声が降って来る。桜の花びらを体中にくっつけた春の神と、浩一郎がそこに立っていた。

ひらりと舞い降りる花びらが、小夜の酒器の中にとん、と落ちる。

「人間が私を崇めるのは良いし、気が向いたら助けてあげてもいいけど、約束するのは嫌よ。絶対守ってあげるなんて、夫以外に言いたくないわ」

「おやおや、話が違うな水の神？」

鬼灯がからかうように言うが、霧生はしれっと、

「神によって態度が違うのは当たり前だろう。私はあくまで、一般的な神の話をしているのであって、例外もある」

「その例外を、弟は嫌っているのですよ。あれは冷泉家のことを誰よりも考えている男ですから」

浩一郎は静かに言うと、小夜の方を見つめた。

「今日はありがとう、小夜。色々と助かったよ」

「いえ、私は何も。とても良いお式でした」

「本当にそうね！　浩一郎の剣舞の代わりに、火の神と水の神が騒ぎ始めた時はどうなることかと思ったけど、結果的に私との夫婦舞になって良かったわ」

夫婦舞は巫のみが舞うもので、神が舞うものではないのだが、春の神はそのことを全く気にしていないようだった。

「ねえ小夜。もし人間が今よりも力を得るなら、神と敵対するのではなく、神の友人になりたいっていう言葉。あれは本心？　それとも勇次郎をなだめるために言っただけの言葉？」

小夜は戸惑う。あの時は勇次郎をなだめるために言ったつもりだったが、それが本心であるようにも感じられてきたからだ。

「……でも、よく考えてみれば本当に失礼な言葉でした。力関係が対等でなければ、友人にはなれないと言っているようなものですから」

春の神はきょとんとしたような顔になったが、それから浩一郎と顔を見合わせて、嬉しそうに笑った。

「私、あなたのそういうところが、本当に好きよ。――そうね。友人なのか隣人か、はたまた敵対するのか。それはこれから決まってくるわ。一緒に探っていきましょう」

一緒に、という言葉が小夜の心に染みた。

浩一郎は小夜の横にどかりと腰掛ける。水の神が嫌そうに顔をしかめたが、春の神がその眉間の皺を指先でぐいぐいと伸ばす。

「今日の主役は私よ、霧生。そんな顔しないの」

「仕方あるまい。小夜と共にいられる時間は短いのだ。嫉妬深い夫のせいでな」

小夜はくすっと笑って、春の神に頭を下げる。

「ありがたいお言葉です。私たちのあり方を一緒に探れたら——私も嬉しいです」

緋毛氈の上にちらちらと、桜の花びらが舞う。

終章　神と人の行く末

小夜と鬼灯は、火蔵御殿で来客を迎えていた。

本の神、扇とその巫、入江である。

「神は友人になりうるか、ですって？」

迷惑そうに言ったのは、扇の巫である入江だ。

「俺は扇様を友人になんか絶対にしたくないですね。こんなだらしなくて間が抜けている人と上手くやっていける気がしません」

あまりの言いように、小夜どころか鬼灯もぽかんとしている。

その横で扇が情けない声を上げた。

「一応お前は俺の巫だろ？　そんな敬意のない言い方はないんじゃないか？」

「だってそうでしょう。四徹したせいで春の神様の式には大遅刻してほとんどの料理を食いっぱぐれましたし、絶対に売りたくない本を間違えて売ったあげく、俺に取り戻してこいだなんて言うし、本に夢中で羽織にいくつも食べこぼしのあとを作るし、その上その格好で宵町に行くし」

「や、やめろ、俺の生活を人の前で詳《つまび》らかにするのはやめろ」

「反省の色ってもんがないんですよあなたには。分かります？　反省。子どもでもできるあれです」

「分かってるから！」

　鬼灯が感心したように言う。

「扇、お前、本当に尻に敷かれているのだな……」

「やめろ鬼灯！　本当になるだろ！」

　こほん、と咳ばらいをした扇は、居住まいを正して言った。

「今日ここへ来たのは、俺が知恵の神を継ぐ日取りが決まったからだ」

「まあ。おめでとうございます！」

　小夜の言葉に、扇は苦々しい笑みを浮かべた。

　この決断に至るまでは、色々あったらしい。

「それから、入江を精霊に召し上げることに決めた」

「精霊に召し上げる……？」

「端的に言うなら、人間を精霊にして、寿命を延ばすことですね。百年くらいは延びますよ」

　さらりと言うが、それはかなり長い年月だ。

「つまり入江さんは、これから百年先もずっと扇様と一緒にいることを決めた、ということなのでしょうか」

「そうですね。百年は、扇様にお仕えするには、あまりにも短い期間ですが」

「短くは、ないと思うのですが……」

簡単に百年を決めてしまえる入江の胆力が、扇を支えてきたのだろうな、と小夜は思った。扇は良い神だが、気が長すぎるところがある。

「つまりこれからの百年を、扇様に捧げるということでしょう？」

「捧げる……。うーん。違いますね。道を延長したいんですよ俺は」

小夜が首を傾げていると、入江が説明してくれた。

「俺の人生は俺のものですから、捧げるわけじゃありません。だけど六十年かそこらしか扇様とご一緒できないのは、あまりにも心残りだ。扇様から学びたいことはたくさんあるし、逆に扇様に教えて差し上げないといけないこともたくさんある。約束はちゃんと守るとか、時計は壊れたままにしないとか、飲み残しの入った湯飲みを二十個も書庫にため込まないとか」

だから、と入江は、出された緑茶を飲みながら言った。

「俺にとって扇様は、友人や隣人というよりは、縁があっただけの他人……他神？です。けれど縁があった以上は、何よりも大切にしたい。それだけのことです」

「い、入江……。意外と熱烈だったのだな、お前！」

「だってそうでしょう。日常生活こそ救い難い駄目っぷりですけど、俺はあなたの本の神としての才能には惚れ込んでいるんですから」

「ほ、惚れ込んでいる⁉　そんなこと、初めて聞いたぞ……！」

扇は感動した様子で目を潤ませている。

それとは対照的に、入江はどこまでも飄々とした顔でいた。

扇と入江が帰った後、鬼灯は感慨深そうに言った。

「身近で人間を精霊に召し上げる例は久しぶりに聞いたな」

「精霊に召し上げるとどうなるのですか」

「言葉通り、人間を精霊にするということだ。百年ほど寿命が延び、精霊として術を使えるようになる。飯を食わずとも、自然から精気を取り入れるだけで生きられるようになる。この辺が特徴だな」

「……百年、寿命が延びるのですね」

「ああ。だから、単に慣れ親しんだ巫を惜しんで精霊に召し上げる神もいる」

「それは、巫ではなく、妻にも使えるのでしょうか」

鬼灯は小夜を見下ろした。

「お前も精霊になりたいのか？」

「……分かりません。この先もずっと、鬼灯様とご一緒したいとは思っていますが」

鬼灯は笑って小夜を引き寄せ、膝の上に乗せた。後ろから抱きかかえるようにして、小夜の両手を握る。

「一度精霊に召し上げれば、人間に戻すことはできん。精霊になるには痛みもあるし、失敗することもある。だから今は考えずとも良い。俺が牡丹に怒られてしまうからな」

「……はい」

小夜は鬼灯の首元に顔を寄せた。

「お式での春の神様、本当にお綺麗でしたね」

「ああ。俺たちもまた式を挙げようか。招待客をたくさん招いて」

「私はあの一回だけで十分です。……というより、一回だけがいいです」

「なぜだ？　綺麗な着物も着られるし、旨い酒も食べ物も味わえるぞ」

小夜は少しむっとしたような顔で鬼灯を見上げる。珍しい妻の表情に、鬼灯は微かに狼狽えた。

「なんだ。どうしてそんな顔をする。俺は何かまずいことを言ったか？」

「いえ。ただ、あれは猩々の皆様だけが見守って下さっていて、私と鬼灯様しかいない、特別な空間でした。鬼灯様を見つめているのは私だけで、私を見つめているのも鬼灯様だけ。——改めてお客様をお呼びしてお式を挙げたら、色んな人に鬼灯様を見られてしまうではないですか」

「それは……それは、つまり、嫉妬か!?」

嬉しそうに叫ぶ鬼灯の胸に、恨みを込めて頭をぶつける。頭突《ずつ》き、とも言えないささやかなたわむれに、鬼灯はにやにやと笑った。

「違います、これは……独占欲というものですっ」

「つまり嫉妬ではないか」

「独り占めしたいというだけですってば」

「要するに嫉妬、突き詰めれば嫉妬、二文字で言うなら嫉妬だな！　うんうん！」

鬼灯は背後から小夜を抱きしめて、その首筋に顔をうずめた。

「案ずるな。俺も二度目の式など挙げるつもりはないよ。——俺にとってはあの華燭の典が最初で最後だ」

「……はい」

鬼灯の大きな手が、小夜の体をくるりと反転させ、向かい合わせに座らせる。寄せられる唇の熱さにたまらず目を閉じれば、肌のすぐ近くでふっと笑う気配がした。

ぎこちなく口づけを返しながら、小夜は思う。

この時間が百年先も続くのであれば、精霊になるのも悪くはないかもしれない。

けれどさすがに百年も同じ口づけでは飽きられてしまうだろうか。もっと上手に、鬼灯を楽しませるようになればあるいは。そもそも閨《ねや》では、小夜の振る舞いはあまりにも未熟で……。

「小夜。集中しろ」

「っ、はい……」

よそ事を考えていたことはすぐに見抜かれ、小夜は今この瞬間に引き戻される。鬼灯の唇の柔らかさだけが、今の全てだった。

＊

勇次郎は蟄居《ちっきょ》を命ぜられた。

春の神の華燭の典に穢れを持ち込んだ、その罪ゆえである。

しかし俊太郎による蟄居の命令は、彼が亡くなった時点で効力を喪《うしな》う。命の灯が消えかけている父による束縛など、全く苦ではなかった。

彼が暮らしているのは冷泉家が所有する田舎の家だ。さすがは冷泉家の持ち物と言うべきか、人が暮らせる程度には手が入っていたので、勇次郎と伊吹はあまりやることがなかった。

それでも、曇天が支配するこの地域で暮らすのは、なかなか気が滅入《めい》るものがあった。今日も空は曇って、一雨来そうな気配がある。

「それで？『影』の生き残りはなんと」

勇次郎の問いに伊吹が答える。

「薬の服用により、異能を増幅させられた例はいくつかあるそうです。現にそうして力を得た巫は、神々に頼らず単独で生計を立てているとか」

「単独で動いているなら、冷泉家の後ろ盾が欲しい場面もあるだろう。声をかけろ」

伊吹は頷いた。

春の神と浩一郎の華燭の典では、穢れを発生させる能面に心身を乗っ取られかけた伊吹だったが、今では元通りの怜悧《れいり》さを取り戻していた。

「穢れの面の方はどうですか。術の改良は順調です？」

「お前が華燭の典で見せた症状――力の暴走、凶暴化、その後の著しい虚脱感などは、まだ改善されていないが、いずれ成し遂げる。あの時はまさか、お前が公衆の面前で面を取り出すとは思わなかったが」

伊吹はにやりと笑う。

「良い宣伝になりましたでしょう？」

「ああ。穢れを生み出す能面。どこにいようと遠くから相手を穢すことができる、人の行使し得る呪い。――それだけではない。あれは、神にのみ効く猛毒だ」

そのように術を改良した。穢れが、神々の心臓を深く抉《えぐ》るようにした。

だから伊吹の穢れを清めた火の神は弱り、その穢れを目撃した神々もまた、予想以上の衝撃を受けたのだ。

「穢れを強め、遠隔操作の精度を高めるためには、やはり小夜の清めの力が必要だ。あの力をもっと紐解き、改良し、術に反映することができれば……。神は本当にいらなくなる。人間は一人で立てるようになる」

そして華燭の典に招かれた巫たちは、それを目撃した。

火の神を弱らせるほどの穢れを知った。

太歳界において、噂は風より速く駆ける。神に対して反感を抱くもの、虐げられ続けてきたもの、搾取されていたもの、そういったものたちにも、穢れの面の話は届いたことだろう。

伊吹は穢れの面の威力を知らしめるために、あえてあの場で能面を着けてみせたのだ。改良しなければならない点は多くあるが、既に勇次郎のもとには、あの面を欲しがる巫からの連絡が何件か来ていた。

「ええ、きっと主様の目指す未来がやってきますよ」

伊吹は満足げに笑った。が、何かに気づいたようにはっと顔を上げる。

庭に男が立っている。浩一郎だ。

「兄上」

しかしどこか不自然だ。彼の頭上にだけ藤の花が垂れ、さんさんと日差しが差し込んでいる。

伊吹が両の手を鎌に変える。穢れの後遺症か、右手の鎌はまだ黒ずんで臭気を放っているが、首を断つだけなら十分だ。

その鎌を構えたまま、伊吹は跳躍して浩一郎に躍りかかる。

「やめろ。本人はそこにはいない」

振りかぶった鎌は、浩一郎の首を貫通したが、伊吹には何の手ごたえもなかった。

「春の神の術か」

『ああ。天気の悪い地方には行きたくないそうだ』

勇次郎はちっと舌打ちをした。伊吹と兄以外に聞く者もいない今、取り繕う必要はどこにもない。

「で、何をしに来た？　まさか僕を慰めに来たってこともないだろう」

『父上が身罷《みまか》られた』

勇次郎は一瞬息をのみ、それから目を伏せた。

「――そうか」

『父上の遺言により、俺が冷泉家の次期当主となる。遺言状は家令が追って届けるだろう。お前の蟄居は解かれた』

矢継ぎ早に告げられる事実を、勇次郎は黙って受け止める。

全てが予想通りだった。

勇次郎は顔を上げた。そこには浩一郎の鋭い眼差しがあった。

一瞬、身がすくむほどの眼光だ。軍で練磨された浩一郎の気配が、術越しに勇次郎の皮膚を打つ。

『蟄居を解かれたお前はこれから、当主の座を狙いに来るのだろう』

「……まさか。兄上以上に当主に向いている男はいないだろう。だから僕は、せいぜい後ろで牙を研がせてもらう。だから、どうか背後には気をつけて。僕に刺されるような隙を作らないでくれよ」

浩一郎の感情はいつも読めない。いっそ嘲笑の一つでも浮かべてくれた方が楽なのに。

『お前が異能を強める術を探っているのは分かっている。だがその目論見がいつもうまくいくとは思わないことだな』

藤の花びらが雪のように舞い、浩一郎の姿を覆い隠さんばかりに積もる。春の神の術が終わろうとしている。

最後に浩一郎は、兄の声で言った。

『父上の葬式には来いよ。……安らかとは言い難いが、最期の顔を見てやってくれ』

勇次郎は答えず、ただ浩一郎が消える姿を見送った。

──本書のプロフィール──

本書は書き下ろしです。

小学館文庫

火《ひ》の神《かみ》さまの掃除人《そうじにん》ですが、いつの間《ま》にか花嫁《はなよめ》として溺愛《できあい》されています
春《はる》の神《かみ》の輿入《こしい》れ

著者　浅木伊都《あさぎいと》

二〇二四年十月九日　初版第一刷発行
二〇二五年七月六日　第二刷発行

発行人　庄野　樹
発行所　株式会社　小学館
〒一〇一-八〇〇一
東京都千代田区一ツ橋二-三-一
電話　編集〇三-三二三〇-五六一六
販売〇三-五二八一-三五五五
印刷所――中央精版印刷株式会社

ISBN978-4-09-407400-0